Mucho Ruido y Pocas Nueces

Por

William Shakespeare

Personajes

DON PEDRO, príncipe de Aragón

DON JUAN, su hermano bastardo

CLAUDIO, joven noble de Florencia

BENEDICTO, joven noble de Padua

LEONATO, gobernador de Mesina

ANTONIO, hermano suyo

BALTASAR, criado de don Pedro

BORACHIO y CONRADO, compañeros de don Juan

DOGBERRY, alguacil

VERGES, corchete

FRAILE FRANCISCANO

UN ESCRIBANO

UN PAJE

HERO, hija de Leonato

BEATRIZ, sobrina de Leonato

MARGARITA y ÚRSULA, doncellas de la servidumbre de Hero

Mensajeros, ronda, acompañamiento, etc.

ESCENA: Mesina

Acto Primero

Escena I

Delante de la casa de Leonato.

(Entran LEONATO, HERO, BEATRIZ y otros personajes, con un MENSAJERO.)

LEONATO.—Veo por esta carta que don Pedro de Aragón llega esta noche a Mesina.

MENSAJERO.—Debe de hallarse muy próximo, pues no estaba a tres leguas de aquí cuando le he dejado.

LEONATO.—¿Cuántos caballeros habéis perdido en esta acción?

MENSAJERO.—Sólo unos pocos de cierto rango, y ninguno de renombre.

LEONATO.—Una victoria vale por dos cuando el vencedor regresa al hogar con las filas completas. Hallo aquí que don Pedro ha colmado de honores a un florentino llamado Claudio.

MENSAJERO.—Muy merecidos por su parte y justamente otorgados por don Pedro. Ha superado las promesas de su edad, realizando bajo apariencias de cordero hazañas de león. Verdaderamente, ha superado las mejores esperanzas a un extremo que no esperéis pueda deciros cómo.

LEONATO.—Tiene aquí en Mesina un tío que se alegrará muchísimo al saberlo.

MENSAJERO.—Ya le he enviado unas cartas y ha mostrado sumo júbilo; a un grado tal que el gozo no pudo exteriorizarse con la moderación debida sin una marca de tristeza.

LEONATO.—¿Rompió a llorar, tal vez?

MENSAJERO.—Con gran abundancia.

LEONATO.—¡Un tierno desbordamiento de ternura! No hay rostros más leales que los que así se bañan en llanto. ¡Cuánto mejor es llorar de alegría que alegrarse del lloro!

BEATRIZ.—Por favor, el signior Mountanto ¿ha regresado de la guerra o no?

MENSAJERO.—No conozco a nadie así llamado, señora. Ninguna persona de viso había en el ejército con semejante nombre.

LEONATO.—¿Por quién preguntáis, sobrina?

HERO.—Se refiere mi prima al signior Benedicto de Padua.

MENSAJERO.—¡Oh! Ha regresado, y tan jovial como siempre.

BEATRIZ.—Fijó un cartel aquí en Mesina, retando a Cupido al arco; y el bufón de mi tío, al leer el reto, le contestó por Cupido y le desafió a la saetilla de cazar gorriones. Decidme, ¿a cuántos hombres ha dado muerte y se ha engullido en estas guerras? ¿A cuántos ha matado tan sólo? Porque, a la verdad, yo he prometido comerme todo lo que matara.

LEONATO.—A fe, sobrina, que tratáis con excesiva dureza al signior Benedicto; pero él se desquitará con vos, no lo dudo.

MENSAJERO.—Ha prestado buenos servicios en estas guerras, señora.

BEATRIZ.—Tendríais víveres rancios, y os ayudó a comerlos; es un valentísimo gastrónomo; posee un estómago excelente.

MENSAJERO.—Es también un buen soldado, señora.

BEATRIZ.—Un buen soldado ante una dama; pero ¿qué es frente a un caballero?

MENSAJERO.—Un caballero frente a un caballero, un hombre frente a un hombre, adornado con toda clase de honrosas virtudes.

BEATRIZ.—Eso es, efectivamente; no otra cosa sino un hombre adornado; mas, en cuanto al adorno... Bien, todos somos mortales.

LEONATO.—Señor, no toméis en mal sentido las palabras de mi sobrina. Hay una especie de guerra chistosa entre ella y el signior Benedicto. Jamás se encuentran sin que se entable entre ambos una escaramuza de ingeniosidades.

BEATRIZ.—¡Ay! Nada suele ganar en ello. En nuestra última contienda, cuatro de sus cinco sentidos salieron malparados, y ahora no le queda más que uno para el gobierno de todo su ser. Así que, si le resta ingenio bastante para mantenerse en calor, consérvelo, a fin de distinguirse de su caballo, por cuanto es el único atributo que le queda para pasar por una criatura racional. ¿Quién es ahora su compañero inseparable? Cada mes tiene uno nuevo, que jura ser hermano suyo.

MENSAJERO.—¿Es posible?

BEATRIZ.—Y tan posible. Lleva sus fieles amistades a la moda de su sombrero. Varía siempre a tenor del último figurín.

MENSAJERO.—Noto, señora, que el caballero no está en vuestros libros.

BEATRIZ.—No; si lo estuviese, quemaría mi biblioteca. Pero decidme, os ruego, ¿quién es su íntimo? ¿No hay ahora ningún joven quimerista que quiera hacer con él un viaje a los infiernos?

MENSAJERO.—Las más veces se acompaña del muy noble Claudio.

BEATRIZ.—¡Oh Dios! Se pegará a él como una epidemia. Se contagia con mayor celeridad que la peste; y el que la coge, inmediatamente se vuelve loco. Dios asista al noble Claudio. Si ha contraído la enfermedad Benedicto, le costará por lo menos un millar de libras el verse curado.

MENSAJERO.—¡Quiero ser de vuestros amigos, señora!

BEATRIZ.—Sedlo, buen amigo.

LEONATO.—¡Nunca perderéis el juicio, sobrina!

BEATRIZ.—No, mientras no haga calor en enero.

MENSAJERO.—Don Pedro se acerca.

(Entran DON PEDRO, DON JUAN, CLAUDIO, BENEDICTO, BALTASAR y otros.)

DON PEDRO.—Querido signior Leonato, salís al encuentro de vuestraincomodidad. La costumbre del mundo es evitar gastos, y vos vais en busca de ellos.

LEONATO.—Jamás entró en mi casa la incomodidad en figura de vuestra gracia, pues cuando la incomodidad se marcha, el bienestar se queda; pero cuando vos me abandonáis, la tristeza permanece y la ventura es la que nos da su adiós.

DON PEDRO.—Aceptáis vuestra carga demasiado gustosamente. Supongo que será ésta vuestra hija.

LEONATO.—Muchas veces me lo dijo así su madre.

BENEDICTO.—¿Lo dudabais, señor, cuando se lo preguntasteis?

LEONATO.—No, señor Benedicto, pues erais un niño entonces.

DON PEDRO.—Volved por otra, Benedicto. De aquí conjeturamos lo que sois, siendo ya un hombre. En verdad, la hija no desmiente al padre. Sed feliz, señora, ya que os parecéis a un padre tan honrado.

BENEDICTO.—Si el signior Leonato es su padre, no quisiera ella por toda Mesina llevar su cabeza sobre sus hombros, por mucho que se le asemeje.

BEATRIZ.—Me asombra que sigáis hablando todavía, signior Benedicto. Nadie repara en vos.

BENEDICTO.—¡Cómo! Mi querida señora Desdén, ¿vivís aún?

BEATRIZ.—¿Es posible que muera el Desdén, cuando puede cebarse en tan buen pasto como el signior Benedicto? La propia galantería se trocara en desdén si estuvierais vos en su presencia.

BENEDICTO.—Fuera entonces la galantería una renegada. Pero lo cierto es que todas las damas se prendan de mí, exceptuada solamente vos; y quisiera hallar en mi corazón que mi corazón no fuera tan duro; porque, a la verdad, no amo a ninguna.

BEATRIZ.—¡Qué incalculable dicha para las mujeres! De otra manera se verían importunadas por un pretendiente enojoso. Gracias a Dios y a mi temperamento frío, soy en eso del mismo parecer que vos. Prefiero oír a mi perro ladrar a un grajo que a un hombre jurar que me adora.

BENEDICTO.—Dios mantenga siempre a vuestra señoría en esa disposición de ánimo. Así se verá libre uno u otro caballero de los infalibles arañazos en la cara.

BEATRIZ.—Si fuese una cara como la vuestra no podrían afearla los arañazos.

BENEDICTO.—Bien, sois una extraordinaria adiestraloros.

BEATRIZ.—Más vale un ave con mi lengua que un animal con la vuestra.

BENEDICTO.—Así marchase mi caballo con la rapidez de vuestra lengua y mantuviese tan bien el aliento. Pero seguid vuestro camino, en nombre de Dios; he terminado.

BEATRIZ.—Siempre acabáis con un par de coces. Os conozco de antiguo.

DON PEDRO.—He aquí el resumen de todo, Leonato: signior Claudio y vos, signior Benedicto, mi querido amigo Leonato nos invita a todos. Le he comunicado que nos quedaremos aquí un mes cuando menos y él desea cordialmente que algún acontecimiento prolongue nuestra estancia. Me atrevo a afirmar que no es hipócrita, sino que lo desea de corazón.

LEONATO.—Si lo jurarais, señor, no juraríais en falso. (A DON JUAN.) Permitidme que os dé la bienvenida, señor. Habiéndoos reconciliado con el príncipe vuestro hermano, os debo toda clase de atenciones.

DON JUAN.—Os lo agradezco. No soy hombre de muchas palabras, pero os lo agradezco.

LEONATO.—¿Place a vuestra gracia pasar el primero?

DON PEDRO.—Vuestra mano, Leonato; pasaremos a la vez.

(Salen todos, menos BENEDICTO y CLAUDIO.)

CLAUDIO.—Benedicto, ¿has reparado en la hija del signior Leonato?

BENEDICTO.—No he reparado en ella, pero la he mirado.

CLAUDIO.—¿No es una damita ingenua?

BENEDICTO.—¿Me preguntáis, como hombre honrado, mi parecer franco y sencillo, o queréis que os responda según mi costumbre, como enemigo declarado de su sexo?

CLAUDIO.—No, te ruego que me contestes con juicio sensato.

BENEDICTO.—Pues, a fe, se me antoja demasiado bajita para un alto elogio, demasiado morena para un claro elogio y harto diminuta para un elogio grande. Sólo puedo hacer de ella la siguiente recomendación: que si fuera otra de la que es, sería fea, y que no siendo sino como es, no me gusta.

CLAUDIO.—Piensas que estoy de broma. Te suplico me digas con franqueza lo que te parece.

BENEDICTO.—¿Queréis comprarla, que tomáis tantos informes de ella?

CLAUDIO.—¿Podría el mundo comprar semejante joya?

BENEDICTO.—Ya lo creo, y un estuche para encerrarla. Pero ¿habláis en tono serio, o representáis el burlón Jack, para contarnos que Cupido es un buen cazador de liebres y Vulcano un insigne carpintero? Vamos, ¿en qué clave hay que cantar para ir acorde con la canción?

CLAUDIO.—A mis ojos es la más encantadora dama que vi jamás.

BENEDICTO.—Yo veo todavía sin anteojos, y no advierto semejantes hechizos. He ahí a su prima, que, a no hallarse poseída de la cólera, la superaría en hermosura tanto como el primer día de mayo al último de diciembre. Mas espero que no intentaréis convertiros en marido, ¿no es eso?

CLAUDIO.—No respondería de mí, aunque hubiese jurado lo contrario, si Hero consintiese en ser mi esposa.

BENEDICTO.—¿Ésas tenemos? ¡Por mi fe! ¿No habrá en el mundo un solo hombre que no quiera llevar su gorra de un modo sospechoso? ¿No lograré ver nunca un solterón de sesenta años? ¡Adelante, por vida mía! Puesto que te empeñas en doblar tu cuello al yugo, ostenta la marca y pasa los domingos suspirando. Mirad, don Pedro vuelve en busca vuestra.

(Vuelve a entrar DON PEDRO.)

DON PEDRO.—¿Qué secreto os detiene aquí que no habéis acompañado a Leonato a su casa?

BENEDICTO.—Quisiera que vuestra alteza me constriñese a hablar.

DON PEDRO.—Te lo ordeno por tu obediencia de súbdito.

BENEDICTO.—Ya lo oís, conde Claudio. Puedo guardar un secreto como un mudo; estad convencido de ello. Pero la obediencia... Fijaos bien; se trata de la obediencia... Está enamorado. ¿De quién? Eso es lo que debe preguntarme ahora vuestra gracia. Advertid cuán breve es la respuesta: de Hero, la hija menor de Leonato.

CLAUDIO.—Si así fuera, así se diría.

BENEDICTO.—Como el viejo cuento, señor: «Ni es así, ni así fue; empero, a la verdad, no permita Dios que así sea».

CLAUDIO.—Si mi pasión no cambia pronto, no quiera Dios que sea de otra manera.

DON PEDRO.—Amén, si la amáis, que la dama es muy digna de ello.

CLAUDIO.—Habláis así para sondearme, señor.

DON PEDRO.—Por mi honor, que expreso mi pensamiento.

CLAUDIO.—Pues a fe mía, señor, que hago otro tanto.

BENEDICTO.—Y por mi doble honor y fe, señor, que os imito.

CLAUDIO.—Que la amo es lo que sé.

DON PEDRO.—Que es digna de ello, me consta.

BENEDICTO.—Pues yo ni sé cómo se la pueda amar, ni me consta que sea digna de que se la ame. Ésta es mi opinión, de que no haría desdecirme el fuego. Me dejaría morir en el brasero por ella.

DON PEDRO.—Tú siempre fuiste un hereje obstinado en negar culto a la hermosura.

CLAUDIO.—Y jamás pudo sostener su papel sino violentando su voluntad.

BENEDICTO.—Que me haya concebido una mujer, es cosa que le agradezco; que me haya criado, también es cosa por la cual le doy mis más humildes gracias; pero que sobre mi cabeza resuene una cadencia de cuerno de montería, o que mi bugle cuelgue de un invisible cinturón, que todas las mujeres me perdonen. Porque no quiero hacerles la injusticia de desconfiar de alguna de ellas, me reservo el derecho de no fiarme de ninguna. Y por último —y esto será lo más conveniente para mí—, me propongo vivir soltero.

DON PEDRO.—Antes de morir, he de verte palidecer de amor.

BENEDICTO.—Me veréis palidecer de cólera, de enfermedad o de hambre, señor; pero no de amor. Si me demostráis alguna vez que el amor me ha quitado más sangre de la que pueda recobrar con la bebida, sacadme los ojos con la pluma de un coplero y colgadme a la puerta de un burdel como signo del ciego Cupido.

DON PEDRO.—Bien; pues si no quebrantas esa fe, proporcionarás un lindo tema de discurso.

BENEDICTO.—Si la quebranto, colgadme en una botella como a un gato y tirad al blanco sobre mí; y al que me acertare, dadle una palmada en el hombro y llamadle Adán.

DON PEDRO.—Bien, como aventura el tiempo: Tiempo llegará en que el toro salvaje se entregue al yugo.

BENEDICTO.—El toro salvaje puede; pero si el prudente Benedicto se entregara, arrancadle los cuernos al toro e incrustádmelos en la frente; y que me retrate luego un pintor de brocha gorda; y tal como suele escribirse en gruesos caracteres: «Aquí se alquila un buen caballo», poned debajo de mi efigie: «Aquí podéis ver a Benedicto, el hombre casado».

CLAUDIO.—Si la ocasión llega, serás un cornudo furioso.

DON PEDRO.—Pues si Cupido no ha vaciado por completo su aljaba en Venecia, prepárate a temblar.

BENEDICTO.—Antes temblará la tierra.

DON PEDRO.—Bien, contemporizad con las horas. En el ínterin, apreciado signior Benedicto, entrad en casa de Leonato, saludadle en mi nombre y decidle que no faltaré a la cena, ya que, verdaderamente, ha hecho grandes preparativos.

BENEDICTO.—Aún me siento capaz de desempeñar esa embajada; y así os encomiendo...

CLAUDIO.—Al amparo de Dios. De mi casa, si la tuviese...

DON PEDRO.—A seis de julio. Vuestro afectísimo amigo Benedicto.

BENEDICTO.—Vaya, no os burléis, no os burléis. La tela de vuestro discurso suele estar a veces bastante mal tejida y a trozos descubre la hilaza. Antes de acudir a viejas fórmulas, haced examen de conciencia. Y con esto me despido. (Sale.)

CLAUDIO.—Mi soberano, ahora podría vuestra alteza hacedme una merced.

DON PEDRO.—Tuyo es mi afecto para ordenar; enséñale, y verás con qué facilidad aprende las lecciones, por difíciles que sean, como se trate de tu bien.

CLAUDIO.—¿Tiene Leonato algún hijo, señor?

DON PEDRO.—Sólo tiene a Hero, su única heredera. ¿Es que la amas, Claudio?

CLAUDIO.—¡Oh señor! Cuando partisteis para esta última guerra, la contemplé con ojos de soldado y me agradó; mas hallábame ocupado en rudas empresas para entretenerme siquiera con el nombre de amor. Ahora que ya he regresado y que los pensamientos guerreros han dejado vacantes sus plazas, en su lugar acuden en tropel tiernos y delicados anhelos que me recuerdan todos cuán bella es la joven Hero y me hablan de la simpatía que me inspiró antes de partir para la guerra.

DON PEDRO.—Pronto te convertirás en un verdadero enamorado, pues ya abrumas al que te oye con un galimatías de palabras. Si amas a la hermosa Hero, cortéjala, que yo hablaré con ella y con su padre y la obtendrás. ¿No es éste el final que comenzaste a tejer con tan linda historia?

CLAUDIO.—¡Cuán dulcemente curáis el amor, comoquiera que conocéis el mal por su fisonomía! Sólo para que mi afecto no os pareciera demasiado repentino, quise precaverlo con más largo discurso.

DON PEDRO.—¿Y ha de ser mucho más ancho el puente que el río? La más bella dádiva es la precisa. Así, lo que a ella tiende es lícito. Para abreviar, la amas, y yo voy a prestarte ayuda. Tengo entendido que esta noche habrá baile de máscaras. Yo representaré tu papel bajo cualquier disfraz y diré a la hermosa Hero que soy Claudio. Verteré mi corazón en su pecho y aprisionaré su oído con el brío y arrebatado choque de mi relato amoroso. Acto seguido, tendré una explicación con su padre y, por último, será tuya. Pongámoslo en práctica inmediatamente. (Salen.)

Escena II

Aposento en la casa de Leonato.

(Entran LEONATO y ANTONIO por distintos lados.)

LEONATO.—¡Qué hay, hermano! ¿Dónde está mi sobrino, vuestro hijo? ¿Ha encargado esa música?

ANTONIO.—Se ocupa de ello con interés. Por cierto, hermano, tengo que contaros extrañas nuevas que no pudierais ni soñar.

LEONATO.—¿Son buenas?

ANTONIO.—Según el rumbo que las marque el éxito. Sin embargo, la cubierta es buena; muestran aspecto exterior favorable. Uno de mis criados entreoyó al príncipe y al conde Claudio, que se paseaban por una avenida rodeada de espesas y entretejidas ramas de mi jardín, lo siguiente. El príncipe confesó a Claudio que amaba a mi sobrina, vuestra hija; que tenía el propósito de declarárselo esta noche durante un baile; y que si la hallaba conforme, estaba decidido a coger la ocasión por los cabellos y a poneros enseguida al corriente de las cosas.

LEONATO.—¿Está en sus cabales el mozo que tal os ha dicho?

ANTONIO.—Es un muchacho excelente y dispuesto. Voy a mandar que le busquen e interrógale tú mismo.

LEONATO.—No, no; hay que considerar esto como un sueño, hasta que se aclare por sí propio. Empero voy a advertir a mi hija, para que vaya preparando la respuesta, si por ventura el caso fuera cierto. Id y contádselo. Cruzan la escena varias personas. Deudos, ya sabéis lo que tenéis que hacer. -¡Oh! Os pido perdón, amigo. Acompañadme, que he menester de vuestro talento. -Querido primo, tened cuidado en estos momentos de actividad. (Salen.)

Escena III

Otro aposento en la casa de Leonato.

(Entran DON JUAN y CONRADO.)

CONRADO.—¡Buenos tiempos! ¿Qué es eso, señor? ¿De qué nace esa tristeza sin medida?

DON JUAN.—No tiene medida el asunto que la nutre. Por consiguiente, mi tristeza ha de ser ilimitada.

CONRADO.—Debierais atender a la razón.

DON JUAN.—Y aun cuando la atendiese, ¿qué beneficio me reportaría?

CONRADO.—Si no un remedio instantáneo, a lo menos una resignación paciente.

DON JUAN.—Me asombra que tú, nacido —como dices— bajo la influencia de Saturno, trates de aplicar un remedio moral a una dolencia mortal. Yo no sé disimular. Me es forzoso estar triste cuando tengo motivos, y ninguna chanza me haría sonreír; comer si siento apetito, y no esperar la comodidad de nadie; dormir cuando me acosa el sueño, sin atender a los negocios de los demás; y reírme si estoy alegre, a despecho del humor de quien fuere.

CONRADO.—Sí, pero no debierais hacer clara demostración de ello mientras no podáis reportaros. Os habéis rebelado recientemente contra vuestro hermano, quien acaba de reponeros en su gracia, donde es imposible que echéis hondas raíces si no cultiváis el terreno con vuestras propias obras. Es indispensable que aprovechéis la estación para recoger vuestra cosecha.

DON JUAN.—Preferiría ser gusano en un zarzal a convertirme en rosa por su gracia, y cuadra más a mi temperamento ser desdeñado de todos que acomodar mi comportamiento a los demás para obtener el afecto de uno. De esta manera, si no paso por honrado adulador, nadie podrá negar que soy un pillo franco. Se fían de mí con mordaza y con trabas se me da soltura. Por consiguiente, he decidido no cantar en mi jaula. Si tuviera la boca libre, mordería; si gozara de libertad, obraría a mi antojo. En mi ínterin, déjame ser como soy y no trates de cambiarme.

CONRADO.—¿No podéis sacar ningún partido de vuestro descontento?

DON JUAN.—Todo el partido posible, pues es mi único partido. ¿Quién llega?

(Entra BORACHIO.)

¿Qué hay de nuevo, Borachio?

BORACHIO.—Vengo de allá dentro, de una gran cena. Vuestro hermano el príncipe está siendo festejado egregiamente por Leonato; y os traigo noticias de un matrimonio en cierne.

DON JUAN.—¿Servirá de plano para construir alguna desazón? ¿Quién es el insensato que se desposa voluntariamente con la inquietud?

BORACHIO.—¡Pardiez!, no sino el brazo derecho de vuestro hermano

DON JUAN.—¿Quién? ¿El gentilísimo Claudio?

BORACHIO.—El mismo.

DON JUAN.—¡Bizarro mozo! ¿Y con quién? ¿Con quién? ¿En quién ha puesto los ojos?

BORACHIO.—¡Por mi fe! En Hero, la hija y heredera de Leonato.

DON JUAN.—¡Una polluela precoz! ¿Cómo lo sabéis?

BORACHIO.—Estando haciendo el oficio de sahumador, y mientras quemaba perfumes en una habitación mal aireada, vi llegar del brazo al príncipe y a Claudio, discurriendo en grave plática. Me oculté rápidamente detrás de un tapiz, y desde allí les oí cómo acordaron que el príncipe cortejaría a Hero por su propia cuenta y que después, una vez conseguida, la cedería al conde Claudio.

DON JUAN.—Venid, venid, vamos allá; esto puede servir de pasto a mi descontento. Ese héroe improvisado recoge toda la gloria de mi caída. Si puedo interponerle algún obstáculo en su camino, cualquier camino me parecerá venturoso. Cuento con vosotros dos. ¿Me prestaréis ayuda?

CONRADO y BORACHIO.—Hasta la muerte, señor.

DON JUAN.—Vamos a esa gran cena. Su mayor placer es el de verme caído. -¡Si el cocinero compartiera mi intención!- ¿Vamos a tantear el terreno?

BORACHIO.—Estamos a las órdenes de vuestra señoría. (Salen.)

****

Acto Segundo

Escena I

Aposento en la casa de Leonato.

(Entran LEONATO, ANTONIO, HERO, BEATRIZ y otros.)

LEONATO.—¿No ha estado aquí a cenar el conde Juan?

ANTONIO.—No le he visto.

BEATRIZ.—¡Qué cara de acrimonia tiene ese caballero! Nunca he podido verle sin experimentar por espacio de una hora agruras de estómago.

HERO.—Es de una disposición muy melancólica.

BEATRIZ.—El hombre perfecto sería aquel que se tuviera en el justo medio entre él y Benedicto: el uno es muy semejante a una estatua y no dice esta boca es mía; el otro se parece al hijo mayor de la señora de la casa, que chacharea incesantemente.

LEONATO.—Es decir, la mitad de la lengua del señor Benedicto en la boca del conde Juan y la mitad de la melancolía del conde Juan en la cara del señor benedicto.

BEATRIZ.—Con una buena pierna y un buen pie, tío, y bastante dinero en la bolsa, sería un hombre capaz de seducir a cualquier mujer del mundo, si lograba captarse su buena voluntad.

LEONATO.—A fe, sobrina, que no conseguirás nunca un esposo si tienes siempre la lengua tan maliciosa.

ANTONIO.—A fe que es demasiado maldita.

BEATRIZ.—Demasiado maldita es más que maldita. De ese modo echaré de menos una bendición de Dios, pues según el proverbio, «A la vaca maldita da Dios cuernos cortos»; pero a la que es demasiado maldita no le da cuerno alguno.

LEONATO.—Así, por ser demasiado maldita, ¿no os dará Dios cuernos?

BEATRIZ.—Justamente, si no me da marido, cuya merced le imploro de rodillas todas las mañanas y todas las noches: «¡Señor! Yo no podría sufrir a un marido con toda la barba; preferiría acostarme con un montón de lana».

LEONATO.—Podéis poner los ojos en un marido sin barba.

BEATRIZ.—¿Y qué haría con él? ¿Vestirle con mis faldas y que me sirviese de doncella? Quien tiene barba es más que un mancebo, y el que carece de ella menos que un hombre. Si es más que mancebo es mucho hombre para mí, y si es menos que hombre, soy yo mucha mujer para él. Por consiguiente, prefiero tomar seis peniques de arras del guardaosos y conducir sus monos al infierno.

LEONATO.—Bueno; entonces, ¿irás al infierno?

BEATRIZ.—No, sino hasta la puerta. Allí me saldrá al encuentro el diablo, quien, con sus cuernos en la cabeza, como un viejo cornudo, me dirá: «Anda al cielo, Beatriz, anda al cielo; aquí no hay sitio para doncellas como tú». Entonces yo le dejaré mis monos y me encaminaré al cielo en busca de San Pedro. Él me enseñará dónde se sientan los solterones, y allí viviremos tan dichosos cuan largo es el día.

ANTONIO.—(A HERO.) Bueno, sobrina; confío en que os dejaréis guiar por vuestro padre.

BEATRIZ.—Sí, a fe; el deber de mi prima es hacer una reverencia y decir: «Como os guste, padre». Pero, sobre todo, prima, que sea buen mozo; o de lo contrario, haz otra reverencia y di: «Padre, como a mí me guste».

LEONATO.—Vamos, sobrina, espero veros un día provista de esposo.

BEATRIZ.—No será en tanto Dios no haga a los hombres de otra sustancia distinta a la tierra. ¿No es desesperante para una mujer el verse dominada por un puñado de polvo valiente y tener que rendir cuentas de su vida a un terrón de cieno petulante? No, tío; no quiero a ninguno. Los hijos de Adán son mis hermanos; y, francamente, tendría por pecado buscar un esposo en mi familia.

LEONATO.—Hija, acordaos de lo que os he dicho. Si el príncipe os solicita en ese sentido, ya sabéis la respuesta que habéis de darle.

BEATRIZ.—Prima, culpa será de la música, si no sois cortejada a su debido tiempo. Si el príncipe se muestra demasiado importuno, decidle que en todo hay compás, y bailad en vez de contestarle. Porque, oídme, Hero: el enamorarse, el casarse y el arrepentirse son, respectivamente, como una giga escocesa, un minué y una zarabanda; el primer galanteo es ardiente y rápido, como la giga escocesa, y no menos fantástico; el casamiento es formal y grave, como el minué, lleno de dignidad y antigüedad; y luego viene el arrepentimiento y con sus piernas vacilantes toma parte en la zarabanda, cada vez más torpe y más pesado, hasta que se hunde en la tumba.

LEONATO.—Sobrina, siempre miráis las cosas por el lado desfavorable.

BEATRIZ.—Tengo muy buena vista, tío. Soy capaz de distinguir una iglesia en pleno día.

LEONATO.—Aquí llegan las máscaras, hermano. Hagámosles lugar.

(Entran DON PEDRO, CLAUDIO, BENEDICTO, BALTASAR, DON JUAN, BORACHIO, MARGARITA, ÚRSULA y otros, enmascarados.)

DON PEDRO.—Señora, ¿os dignaríais dar una vuelta con vuestro amigo?

HERO.—Si marcháis despacio, miráis con dulzura y no decís nada, estoy dispuesta a pasear; y especialmente si se trata de pasear lejos.

DON PEDRO.—¿Llevándome en vuestra compañía?

HERO.—Ya os lo diré cuando me plazca.

DON PEDRO.—¿Y cuándo os placerá decírmelo?

HERO.—Cuando me agrade vuestro semblante, pues ¡líbrenos Dios de que el laúd se asemeje a la funda!

DON PEDRO.—Mi careta es el tejado de Filemón; dentro de la choza está Júpiter.

HERO.—Pues entonces vuestra careta debería estar techada de paja.

DON PEDRO.—Hablad bajo, si habéis de hablar de amor. (Se retiran.)

BALTASAR.—Pues quisiera gustaros.

MARGARITA.—No quisiera yo, por vuestro bien, pues estoy llena de malas cualidades.

BALTASAR.—Citadme alguna.

MARGARITA.—Rezo en alta voz.

BALTASAR.—Tanto mejor para amaros. Los que os escuchen podrán decir: Amén.

MARGARITA.—Dios me aparee con un buen bailarín.

BALTASAR.—Amén.

MARGARITA.—Y que lo aparte de mis ojos cuando termine el baile. Responded, sacristán.

BALTASAR.—Ni una palabra. Ya tiene su respuesta el sacristán. (Se retiran.)

ÚRSULA.—Os conozco demasiado: sois el signior Antonio.

ANTONIO.—En una palabra, no lo soy.

ÚRSULA.—Os conozco en el modo de mover la cabeza.

ANTONIO.—Para seros franco, le remedo en eso.

ÚRSULA.—No podríais remedarle tan bien, si no fuerais él mismo. He aquí de arriba abajo su mano enjuta: sois el mismo, sois el mismo.

ANTONIO.—En una palabra, digo que no lo soy.

ÚRSULA.—Vamos, vamos, ¿pensáis que no os conozco por la excelencia de vuestro ingenio? ¿Puede el mérito disimularse? Vamos, burlón, sois él. La gracia se delata siempre, y aquí termino.

BEATRIZ.—¿No puedo saber quién os ha contado eso?

BENEDICTO.—No, perdonadme.

BEATRIZ.—¿Ni queréis decirme quién sois?

BENEDICTO.—No, por ahora.

BEATRIZ.—¿Conque soy desdeñosa y extraigo mis mejores agudezas de los Cien cuentos alegres? ¡Bah! Eso os lo ha contado el signior Benedicto.

BENEDICTO.—¿Quién es ése?

BEATRIZ.—Estoy segura de que le conocéis demasiado.

BENEDICTO.—No, creedme.

BEATRIZ.—¿Nunca os ha hecho reír?

BENEDICTO.—Os ruego que me digáis quién es.

BEATRIZ.—Pues bien, es el juglar del príncipe: un bufón insípido; su sola cualidad estriba en inventar calumnias inconcebibles; nadie sino los libertinos se deleitan con él; y lo que le recomienda ante éstos no es su gracejo sino su grosería, pues divierte a los hombres a la par que los enoja y acaban por reírse de él y golpear- le. Estoy segura de que se hallará en esta flota. ¡Quisiera que me abordara!

BENEDICTO.—Cuando conozca a ese caballero le referiré lo que me habéis dicho.

BEATRIZ.—Hacedlo, hacedlo. Aventurará una o dos pullas a mi costa; y si por acaso se da cuenta de que no las advierten o no provocan risa, se pondrá melancólico; y entonces habrá un ala más de perdiz, pues el mentecato no cenará aquella noche.

Música dentro.

Sigamos a los que nos preceden.

BENEDICTO.—En lo que fuera lícito.

BEATRIZ.—No, si me condujeran a algo malo, les dejaría en la primera vuelta.

Baile. Después salen todos, menos DON JUAN, BORACHIO y CLAUDIO.

DON JUAN.—Indudablemente, mi hermano se ha prendado de Hero; y ha llamado aparte a su padre para declarárselo. Las damas han seguido a la bella y no queda más que una máscara.

BORACHIO.—Y ésa es Claudio; le conozco en el porte.

DON JUAN.—¿No sois el signior Benedicto?

CLAUDIO.—Habéis acertado; el mismo soy.

DON JUAN.—Signior, sois el amigo íntimo de mi hermano. Está enamorado de Hero. Os ruego le hagáis desistir de ese enlace. Ella no es de una cuna igual a la suya. Podéis representar en ello el papel de un hombre honrado.

CLAUDIO.—¿Cómo sabéis que la ama?

DON JUAN.—Le he oído jurarle amor.

BORACHIO.—Yo también; y juró que se casaría con ella esta misma noche.

DON JUAN.—Venid, vámonos al banquete.

(Salen DON JUAN y BORACHIO.)

CLAUDIO.—He contestado así al nombre de Benedicto, mas he oído esas malas nuevas con los oídos de Claudio. Es cierto; el príncipe la corteja para sí. La amistad es en todo consecuente, salvo en el oficio y negocios del amor. Por lo tanto, es preciso que en el amor los corazones no se valgan de intérpretes, y que los ojos traten por su cuenta, sin fiarse de mediador alguno, pues la hermosura es una hechicera con cuyos encantos la lealtad se trueca en pasión. Es un hecho que se comprueba a todas horas, y yo no he sabido recelar. ¡Adiós, pues, Hero!

(Vuelve a entrar BENEDICTO.)

BENEDICTO.—¿El conde Claudio?

CLAUDIO.—Sí, el mismo.

BENEDICTO.—Vamos, ¿queréis seguirme?

CLAUDIO.—¿Adónde?

BENEDICTO.—Hasta el sauce más próximo, para tratar de vuestro asunto, conde. ¿A qué moda queréis llevar la guirnalda? ¿Ceñida al cuello, como cadena de usurero, o al brazo, como banda de teniente? De uno u otro modo habéis de llevarla, pues el príncipe ha conquistado vuestra Hero.

CLAUDIO.—Que sea feliz con ella.

BENEDICTO.—¡Cómo! Eso es hablar como un buen ganadero; así se cierra un trato de bueyes. Pero ¿hubiereis supuesto al príncipe capaz de jugaros semejante partida?

CLAUDIO.—Os lo ruego, dejadme.

BENEDICTO.—¡Eh! Ahora procedéis como el ciego. Fue el lazarillo quien os robó la comida, y dais de palos al poste.

CLAUDIO.—Si no puede ser de otro modo, os dejaré yo. (Sale.)

BENEDICTO.—¡Ay! ¡Pobre pollo herido! Ahora irá a rastras a tenderse sobre las cárices. Pero ¡que mi señora Beatriz me conozca y no me conozca! ¡El bufón del príncipe! ¡Ja! Puede que me dé ese título porque soy jovial. Sí; pero con ello se me infiere un agravio. Yo no tengo esa reputación. Es la perversa y áspera condición de Beatriz, que mide al mundo por su persona, y me crea tan mala fama. Bien; me vengaré como pueda.

(Vuelve a entrar DON PEDRO.)

DON PEDRO.—Hola, signior. ¿Dónde está el conde? ¿Le habéis visto?

BENEDICTO.—Por mi fe, señor, que he representado el papel de la señora Fama. Le hallé aquí tan melancólico como una casa de guarda en un conejar. Le dije, y creo no haberle mentido, que vuestra gracia había conseguido la buena voluntad de esa damita, y le ofrecí acompañarle hasta un sauce para tejerle una guirnalda como amante desdeñado o para cortarle una vara como hombre digno de azotes.

DON PEDRO.—¡Digno de azotes! ¿Qué falta ha cometido?

BENEDICTO.—La torpe trasgresión de un niño de escuela que, en su alegría por haber encontrado un nido de pájaros, lo muestra a su compañero, quien se lo roba.

DON PEDRO.—¿Calificas de trasgresión una prueba de confianza? La trasgresión está en el robador.

BENEDICTO.—Sin embargo, no hubiera estado de más proveerse de la vara y también de la guirnalda: la guirnalda para que la gastase él y la vara para aplicárosla a vos, quien, a lo que parece, le ha robado su nido de pájaros.

DON PEDRO.—Sólo les enseñaré a cantar y después los devolveré a su dueño.

BENEDICTO.—Si su canto responde a vuestras palabras, por mi fe que habéis hablado honradamente.

DON PEDRO.—La señora Beatriz se queja de vos. Al caballero que bailaba con ella le ha dicho que la injuriáis en demasía.

BENEDICTO.—¡Oh! Ella es quien me trata de un modo que no lo sufriera un tarugo. Un alcornoque con sólo una hoja verde la hubiera contestado. Mi propia careta comenzó a animarse y a reñirla. Me ha dicho, sin sospechar con quién hablaba, que era el juglar del príncipe; que era más tedioso que un gran deshielo; acumulando burla tras burla sobre mí con tan increíble malicia que no parecía sino como hombre que sirviera de blanco a un ejército entero que tirara sobre él. Habla puñales, y cada palabra suya es un golpe. Si fuera su aliento tan pestífero como sus términos, no habría modo de vivir a su lado; infestaría hasta la estrella polar. No la quisiera por esposa, aunque trajese en dote cuanto poseyó Adán antes del primer pecado. Hubiera obligado a Hércules a dar vueltas al asador, no cabe duda, y aun a hacer astillas su clava para encender el fuego. Vamos, no hablemos de ella. Acabaríais por reconocer en ella a la infernal Até lujosamente ataviada. Por Dios, que fuera bueno que algún sabio la sometiera a conjuro; porque, a la verdad, mientras ella aliente sobre la tierra, el hombre hallará más paz en el infierno que en un santuario; y las gentes perecerán adrede para ir allí cuanto antes; así que, de veras, todo desasosiego, horror y perturbación la siguen.

(Vuelven a entrar CLAUDIO, BEATRIZ, HERO y LEONATO.)

DON PEDRO.—Miradla, aquí viene.

BENEDICTO.—¿No podría vuestra gracia darme algún encargo para el fin del mundo? Iría en este momento a los antípodas con el recado de menos importancia que quisierais confiarme. Os traería ahora mismo un mondadientes del más apartado extremo del Asia; os procuraría la medida del pie del preste Juan de las Indias; os proporcionaría un pelo de la barba del Gran Kan; os desempeñaría cualquier embajada cerca de los pigmeos, antes que cambiar tres palabras con esa arpía. ¿No tenéis destino para mí?

DON PEDRO.—Ninguno, sino desear vuestra buena compañía.

BENEDICTO.—¡Oh Dios! He aquí, señor, un plato que no es de mi gusto: no puedo tragar a esta señora Lengua. (Sale.)

DON PEDRO.—Vamos, señora, vamos; habéis perdido el corazón del signior Benedicto.

BEATRIZ.—Efectivamente, señor; me lo prestó por algunos instantes, y, como interés, le di un corazón doble por el suyo sencillo; empero, ¡pardiez!, que en otra ocasión me lo ganó con dados falsos; de donde bien puede decir vuestra gracia que lo he perdido.

DON PEDRO.—Le tenéis abatido, señora; le tenéis debajo.

BEATRIZ.—No quisiera que hiciese otro tanto conmigo, señor; me vería en peligro de ser madre de locos. Aquí os traigo al conde Claudio, a quien me mandasteis buscar.

DON PEDRO.—¡Cómo! ¡Qué es eso, conde! ¿Por qué estáis triste?

CLAUDIO.—No estoy triste, señor.

DON PEDRO.—Qué entonces, ¿enfermo?

CLAUDIO.—Tampoco, señor.

BEATRIZ.—El conde no está triste, ni enfermo, ni alegre, ni sano; es civil, un conde de Sevilla, como las naranjas, y de ese mismo color celoso.

DON PEDRO.—A fe, señora, creo que es verdad vuestra descripción; aunque puedo jurar que, si es así, su recelo es infundado. Ved, Claudio: he hecho la corte a Hero en nombre tuyo, y la he conseguido. Hablé ya con su padre, y obtuve su buena voluntad. ¡Fija, por lo tanto, el día de la boda, y que Dios te haga feliz!

LEONATO.—Conde, tomad a mi hija, y con ella mi fortuna. ¡Su gracia ha concertado el matrimonio, y todas las gracias digan amén!

BEATRIZ.—Hablad, conde; os toca el turno.

CLAUDIO.—El silencio es el mejor heraldo de la alegría. Fuera bien poca mi felicidad si pudiera decir cuánta es. Señora, soy tan vuestro como vos sois mía. ¡Me entrego por completo a vos y desvarío por el cambio!

BEATRIZ.—Habla, prima; y, si no puedes, ciérrale la boca con un beso, y que él no hable tampoco.

DON PEDRO.—A fe, señora, que tenéis el corazón gozoso.

BEATRIZ.—Sí, señor; y le estoy agradecida al pobre orate por mantenerse a sotavento de los cuidados. Mi prima le dice al oído que le lleva en el corazón.

CLAUDIO.—Y así es, prima.

BEATRIZ.—¡Dios mío! ¡Parentesco por matrimonio! Todo el mundo se casa aquí menos yo que me quedo a la luna de Valencia. Ya puedo sentarme en un rincón y gritar: ¡Eh! ¡Venga un marido!

DON PEDRO.—Yo os hallaré uno, señora Beatriz.

BEATRIZ.—Preferiría que me lo hubiese hallado vuestro padre. ¿No tiene vuestra gracia ningún hermano que se le parezca? Vuestro padre supo hacer excelentes maridos, si una doncella pudiese dar con ellos.

DON PEDRO.—¿Me queréis a mí por tal, señora?

BEATRIZ.—No, señor; a menos que me sea permitido tener otro para los días de trabajo. Vuestra gracia es demasiado lujoso para llevarse todos los días. Pero, por favor, perdóneme vuestra gracia. He nacido para estar siempre risueña y no hablar en serio.

DON PEDRO.—Vuestro silencio es lo que más me ofende, y la alegría, lo que mejor os sienta, pues, no cabe duda, debisteis de nacer en una hora alegre.

BEATRIZ.—No, por cierto, señor, que mi madre gritaba; pero había a la vez una estrella que bailaba, y yo nací bajo su influjo. ¡Dios os conceda alegría primos!

LEONATO.—Sobrina, ¿queréis poner atención en las cosas que os he dicho?

BEATRIZ.—Imploro vuestra merced, tío. Con el perdón de vuestra gracia. (Sale.)

DON PEDRO.—¡Por mí fe! ¡Es una dama agradable y risueña!

LEONATO.—La melancolía es elemento que entra poco en la constitución de su ser, señor. Nunca está seria, sino cuando duerme. Y aun no siempre, pues he oído decir a mi hija que, a menudo, soñando desventuras se ha despertado con risas.

DON PEDRO.—No puede sufrir que le hablen de esposo.

LEONATO.—¡Oh! ¡De ninguna manera! Se burla de todos sus pretendientes.

DON PEDRO.—Sería excelente mujer para Benedicto.

LEONATO.—¡Oh Dios, señor! Si estuvieran casados sólo una semana, se volverían locos de tanto hablar.

DON PEDRO.—¿Cuándo pensáis ir a la iglesia, conde Claudio?

CLAUDIO.—Mañana, señor. El tiempo marcha sobre muletas hasta que el amor cumpla todos sus ritos.

LEONATO.—No antes del lunes, querido hijo, que será justamente dentro de una semana. Y aun así, tiempo harto brevísimo para tener todas las cosas conforme a mi deseo.

DON PEDRO.—Vamos, movéis la cabeza a tan larga demora; pero os garantizo, Claudio, que el tiempo no ha de hacérsenos pesado. Me propongo, en el ínterin, acometer uno de los trabajos de Hércules, que ha de consistir en hacer que el signior Benedicto y la señora Beatriz sostengan una montaña de afección mutua. Ardo por verlos casados, y no dudo que lo he de lograr si vosotros tres me suministráis no más que la ayuda tal como yo os ordene.

LEONATO.—Señor, me tenéis a vuestro lado, aunque me cueste pasar diez noches en vela.

CLAUDIO.—Y yo, señor.

DON PEDRO.—¿Y vos también, gentil Hero?

HERO.—Señor, desempeñaré cualquier cometido adecuado para ayudar a mi prima al logro de un buen marido.

DON PEDRO.—Y Benedicto no es el marido de menos esperanzas que yo conozco. Puedo alargarme en elogios respecto de él; es de noble linaje, de acreditado valor y honradez reconocida. Os enseñaré cómo habéis de preparar el ánimo de vuestra prima para que se incline al amor de Benedicto. Y yo, con vuestra doble ayuda, me las arreglaré con Benedicto de modo que, a despecho de su espíritu cáustico y de su mal genio repulsivo, se prende de Beatriz. Si logramos esto, Cupido ya no será arquero, y su gloria nos pertenecerá, pues nos quedaremos por únicos dioses del amor. Venid conmigo y os explicaré mi plan.

(Salen.)

Escena II

Otro aposento en la casa de Leonato.

(Entran DON JUAN y BORACHIO.)

DON JUAN.—Es cosa hecha; el conde Claudio se casará con la hija de Leonato.

BORACHIO.—Sí, señor; pero yo puedo impedirlo.

DON JUAN.—Toda barrera, todo obstáculo, todo impedimento será bálsamo a mi herida. Estoy enfermo de disgusto contra él, y todo cuanto venga a contrariar su deseo se hallará en el mismo plano y a nivel del mío. ¿Cómo puedes frustrar ese matrimonio?

BORACHIO.—No de un modo honrado, señor; pero sí tan encubiertamente que nadie sospechará de mi bellaquería.

DON JUAN.—Muéstrame cómo en pocas palabras.

BORACHIO.—Creo haber dicho a vuestra señoría, hace ya un año, que gozo mucho del favor de Margarita, la doncella de Hero.

DON JUAN.—Lo recuerdo.

BORACHIO.—Puedo citarla a cualquier hora intempestiva de la noche para que se asome a la ventana del aposento de su señora.

DON JUAN.—¿Qué vida hay en eso para causar la muerte de ese enlace?

BORACHIO.—El veneno de que disponéis a vos toca el aderezarlo. Buscad a vuestro hermano, el príncipe; no vaciléis en decirle que empañaría su honor uniendo al reputado Claudio —cuyos méritos ensalzaréis hasta lo sumo— a una ramera pervertida, a una tal como Hero.

DON JUAN.—Y qué prueba alegaré.

BORACHIO.—Prueba sobrada para engañar al príncipe, vejar a Claudio, hundir a Hero y matar a Leonato. ¿Qué otro resultado podéis desear?

DON JUAN.—Soy capaz de cualquier cosa con tal de ultrajarlos.

BORACHIO.—Pues bien, manos a la obra. Procuradme una hora propicia para llamar aparte a don Pedro y al conde Claudio; contadles que sabéis que Hero me ama; pretextad una especie de celo, así por el bien del príncipe como por el de Claudio, como si —con objeto de poner a salvo el honor de vuestro hermano, que ha concertado esta boda, y la reputación de su amigo, a punto de ser embaucado por las apariencias nada más de una doncella— lo hubierais descubierto todo. Apenas han de creerlo sin una demostración. Ofrecedles pruebas que consistirán nada menos que en verme en la ventana de su cuarto, oírme llamar a Margarita Hero; nombrarme Margarita Claudio, y elegid para que presencien esto la misma noche anterior al proyectado matrimonio, pues en tanto yo dispondré la coartada de manera que Hero esté ausente; y su infidelidad aparecerá tan manifiesta, que la sospecha se convertirá en certidumbre, y todos los preparativos trastornados.

DON JUAN.—Cualquiera que sea el resultado adverso que de aquí surja, quiero ponerlo en práctica. Sé astuto en el proyecto, y tendrás mil ducados de recompensa.

BORACHIO.—Mostraos vos firme en la acusación, y no me avergonzará mi astucia.

DON JUAN.—Voy a informarme inmediatamente del día de su boda. (Salen.)

Escena III

Jardín de Leonato.

(Entra BENEDICTO.)

BENEDICTO.—¡Muchacho!

Entra un PAJE.

PAJE.—¿Señor?

BENEDICTO.—En la ventana de mi alcoba hay un libro; tráemelo acá al jardín.

PAJE.—Ya estoy aquí, señor.

BENEDICTO.—Ya lo sé; pero lo que quiero es que vayas y estés aquí de vuelta.

Sale el PAJE.

Mucho me asombra que un hombre que se percata de las locuras de otro cuando consagra sus actos al amor pretenda, después de haberse reído de semejantes ligerezas pueriles en los demás, convertirse en tema de sus propias burlas, enamorándose. Y uno de esos hombres es Claudio. Yo le conocí cuando no había otra música para él sino la del tambor y el pífano, y ahora le suenan mejor el tamboril y la zampoña. Yo le conocí cuando hubiera andado diez millas a pie por ver una buena armadura, y ahora pasaría diez noches de claro en claro ideando el corte de un justillo nuevo. Solía hablar llano y sin rodeos, como hombre honrado y militar, y ahora se ha vuelto enrevesado; su conversación parece un banquete fantástico donde sólo se sirvieran platos exóticos. ¿Será posible que yo también me transforme, y vea de esa manera con estos ojos? No puedo asegurarlo. Pienso que no. No juraré, empero, que el amor no sea capaz de cambiarme en ostra; mas sí puedo hacer voto de que, mientras no me convierta en ostra, no hará de mí un necio semejante. Una mujer es bella; pero yo no salgo de mis trece. Otra es discreta; pero yo no salgo de mis trece. Otra es virtuosa, y en mis trece me quedo. Mientras no se junten en una mujer todas las gracias, no entrará ninguna en gracia conmigo. Habrá de ser rica, eso sin duda; discreta, o no la querré; virtuosa, o jamás haré contrato con ella; hermosa, o no la miraré nunca; dulce, o procuraré no acercarme; noble, o no me conquista, aunque sea un ángel; de agradable discurso, excelente cultivadora de la música, y sean sus cabellos del color que a Dios plazca. ¡Hola! El príncipe y monsieur Amor. Me esconderé en la enramada. (Se oculta.)

(Entran DON PEDRO, LEONATO y CLAUDIO, acompañados por BALTASAR y músicos.)

DON PEDRO.—Qué, ¿oiremos esa música?

CLAUDIO.—Sí, mi buen señor. ¡Que en calma está la noche! ¡Aquietada a propósito para prestar mayor encanto a la armonía!

DON PEDRO.—¿Veis dónde se ha ocultado Benedicto?

CLAUDIO.—¡Oh! Muy bien, señor. Acabada la música, proveeremos al zorrastrón con un penique.

DON PEDRO.—Vamos, Baltasar, entónanos de nuevo esa canción.

BALTASAR.—¡Oh, mi buen señor! No obliguéis a una voz tan mala a ofender una vez más a la música.

DON PEDRO.—El mostrar tan extraño semblante al propio talento es testigo, precisamente, de su excelencia. Canta, te ruego, y que no te requiebre yo más.

BALTASAR.—Puesto que habláis de requebrar, cantaré, aunque también el galán comienza sus súplicas por requiebros a aquella que juzga indigna de elogios; empero, la requiebra y aun jura que la ama.

DON PEDRO.—Basta, te suplico; vamos, o si quieres seguir discurriendo, hazlo en notas.

BALTASAR.—Notad esto antes que mis notas; que no hay nota mía que sea digna de notarse.

DON PEDRO.—¡Bien! ¡No hables sino en corcheas! ¡No- tas, notas, de veras, y nada más!

Música.

BENEDICTO.—¡Ahora, aria divina! ¡Ahora está su espíritu en éxtasis! ¿No es extraordinario que unas tripas de carnero tengan la propiedad de hacer salir las almas de su envoltura corporal? ¡Bien! ¿Y se les mendigará cuando todo se acabe?

BALTASAR.—(Canta.)

No suspiréis más, niñas, no suspiréis, que los hombres han sido siempre perjuros; un pie dentro del mar y otro en la orilla y sin firmeza nunca en ninguna cosa. No suspiréis, pues, no; dejadles que se vayan; sed felices y alegres y exhalad vuestras penas en el «¡Ay!, nana, nana». No cantéis más canciones, no cantéis, tan tristes, melancólicas y lentas; la falsía del hombre fue la misma desde que Primavera dio sus primeras hojas. No suspiréis, pues no; dejadles que se vayan; sed felices y alegres y exhalad vuestras penas en el «¡Ay!, nana, nana».

DON PEDRO.—Por mi fe, una excelente canción.

BALTASAR.—Y un mal cantor, señor.

DON PEDRO.—¡Quia! No, no, a fe mía. Cantas bastante bien para un caso de apuro.

BENEDICTO.—(Aparte.) A ser un perro el que así ladrara, le habrían colgado; y yo ruego a Dios que su ruda voz no presagie una desgracia. Con tan buen gusto hubiera oído a la lechuza, cualquiera que fuese la pestilencia que aportase.

DON PEDRO.—¡Pardiez!, que sí, ¿oyes, Baltasar? Te ruego que nos procures una excelente música, pues queremos que toques mañana por la noche al pie de la ventana de la señora Hero.

BALTASAR.—La mejor que pueda, señor.

DON PEDRO.—Hazlo así; adiós.

Salen BALTASAR y músicos.

Venid acá, Leonato. ¿Qué me decíais hace un momento, que vuestra sobrina Beatriz está enamorada del signior Benedicto?

CLAUDIO.—¡Oh! ¡Es posible! (Aparte, a DON PEDRO.) Rondemos, rondemos; el pájaro se posa. Jamás pude suponer que esa dama fuera capaz de amar a hombre ninguno.

LEONATO.—No, ni yo tampoco. Pero lo más extraño es que haya puesto sus ojos en Benedicto, a quien, a juzgar por las apariencias, siempre ha detestado.

BENEDICTO.—(Aparte.) ¿Será posible? ¿Soplará el viento de esa parte?

LEONATO.—Bajo mi palabra, señor, que no sé qué pensar de ello, sino que lo adora con pasión frenética. Sobrepasa todo lo imaginable.

DON PEDRO.—Quizá no haga sino fingir.

CLAUDIO.—A fe que no fuera extraño.

LEONATO.—¡Oh Dios! ¡Fingir! Jamás una pasión fingida anduvo tan cerca de una pasión real como la que ella descubre.

DON PEDRO.—Bien; ¿y qué síntomas de pasión deja entrever?

CLAUDIO.—(Aparte.) Cebad bien el anzuelo; el pez picará.

LEONATO.—¿Qué síntomas, señor? Se os contará... (A CLAUDIO.) Ya os habrá dicho mi hija cómo.

CLAUDIO.—Me lo ha dicho, en efecto.

DON PEDRO.—¿Cómo, cómo? Os ruego. Me asombráis. Hubiera creído su carácter invencible a todos los asaltos del amor.

LEONATO.—Así lo hubiera jurado, señor, especialmente contra Benedicto.

BENEDICTO.—(Aparte.) Juzgara todo esto una burla, a no ser ese anciano de barba blanca quien lo cuenta; la truhanería, a buen seguro, no se disimularía bajo tanta gravedad.

CLAUDIO.—(Aparte.) Ya ha mordido el anzuelo; no lo soltéis.

DON PEDRO.—¿Ha declarado su pasión a Benedicto?

LEONATO.—No, y jura que nunca lo hará; ése es su tormento.

CLAUDIO.—Así es, en verdad. He aquí cómo lo cuenta vuestra hija: «Tras haberle testimoniado tantas veces mi desdén —dice— ¿he de escribirle que le amo?».

LEONATO.—Esto lo repite siempre que comienza a escribirle, pues se levanta veinte veces durante la noche y se queda sentada en camisa hasta que ha escrito un pliego de papel. Mi hija nos lo cuenta todo.

CLAUDIO.—Ahora que habláis de pliegos de papel, recuerdo un chiste gracioso que nos contó vuestra hija.

LEONATO.—¡Oh! ¿Cuando después de haberle escrito y al repasar la carta notó que se encontraban los nombres de Benedicto y Beatriz?

CLAUDIO.—Eso.

LEONATO.—¡Oh! Rompió la carta en mil pedacitos, reprochándose el haber cometido la ligereza de escribir a un hombre que sabía había de burlarse de ella. «Le mido —exclamaba— por mi propio carácter, pues yo me burlaría de él si me escribiese. Sí, aunque le amo, me burlaría.»

CLAUDIO.—Luego cae de rodillas, llora, suspira, se golpea el pecho, se mesa los cabellos, reza, maldice. «¡Oh caro Benedicto! Dios me dé paciencia.»

LEONATO.—Eso es lo que hace; así lo cuenta mi hija. Y a tales desvaríos llega que mi hija teme a veces que Beatriz atente contra sí propia. Es la pura verdad.

DON PEDRO.—Sería conveniente que Benedicto lo supiera por otro conducto, si ella no quiere confesárselo.

CLAUDIO.—¿A qué fin? No haría sino tomarlo a diversión y atormentar más a la pobre dama.

DON PEDRO.—Si así obrara, fuera un acto caritativo ahorcarle. Se trata de una dama encantadora y gentil; de virtud inmaculada, al abrigo de toda sospecha.

CLAUDIO.—Aparte de que es en extremo prudentísima.

DON PEDRO.—En todo, salvo en amar a Benedicto.

LEONATO.—¡Oh señor! Cuando la prudencia y la pasión luchan en un cuerpo tan frágil, hay diez probabilidades contra una de que la pasión salga victoriosa. Yo lo lamento por ella, y no me faltan justas razones, pues soy su tío y tutor.

DON PEDRO.—¡Que no fuese yo el objeto de su preferencia! Habría dado de lado toda clase de miramientos y hecho mi cara mitad. Por favor, contádselo a Benedicto y sepamos lo que dice.

LEONATO.—¿Creéis que sería prudente?

CLAUDIO.—Hero tiene por seguro que fallecerá, pues dice que morirá si él no la ama, y morirá antes de declararle su amor, y morirá también si él la corteja antes que ceder un ápice de su acostumbrado espíritu de contradicción.

DON PEDRO.—Y hace bien. Si le manifestase la ternura de su afecto, sería probable que la desdeñara, pues el individuo —como todos sabéis— es de condición desdeñosa.

CLAUDIO.—Pero es un apuesto caballero.

DON PEDRO.—En efecto, posee un feliz exterior.

CLAUDIO.—Y en Dios y en mi alma, muy discreto.

DON PEDRO.—A la verdad, muestra a veces ciertos destellos que se parecen al ingenio.

LEONATO.—Y le tengo por valiente.

DON PEDRO.—Como Héctor, os aseguro; y en dirimir contiendas podéis decir que es prudente, pues las evita con gran discreción o las acomete con temor cristianísimo.

LEONATO.—Si teme a Dios, necesariamente será pacífico; si quebranta la paz, debe entrar en la liza temeroso y temblando.

DON PEDRO.—Y así lo hace, pues el hombre teme a Dios, aunque no lo parezca por algunas bromas en que se complace. Bien, me duelo de vuestra sobrina. ¿Iremos en busca de Benedicto y le pondremos al corriente de este amor?

CLAUDIO.—No le hablemos de él jamás, señor; que ella lo sobrelleve con buen consejo.

LEONATO.—No, eso es imposible; primero se consumirá su corazón.

DON PEDRO.—Bien; vuestra hija nos informará de todo; en tanto, que el asunto vaya enfriándose. Yo quiero bien a Benedicto y me gustaría que modestamente se examinara a sí propio y viera hasta qué punto es indigno de dama tan perfecta.

LEONATO.—¿Vamos, señor? La comida estará ya a punto.

CLAUDIO.—(Aparte.) Si con esto no está perdidamente enamorado, nunca confiaré en mis esperanzas.

DON PEDRO.—(Aparte.) Tiéndase la misma red a Beatriz, y que se encargue de ello vuestra hija y su doncella. Lo jocoso será cuando cada uno esté convencido del amor del otro, y no haya tal. Es la escena que quisiera ver, que será simplemente una pantomima. Enviemos a llamarla a la mesa. (Salen DON PEDRO, CLAUDIO y LEONATO.)

BENEDICTO.—(Avanzando desde la enramada.) Esto no puede ser una burla. La conferencia se ha mantenido en serio. La verdad del asunto la conocen por Hero. Parecen compadecerse de la dama. Se diría que su pasión ha llegado al colmo. ¡Amarme! Bien. Eso hay que recompensarlo. He oído cómo me censuraban. Dicen que me henchiré de orgullo si me doy cuenta de que me adora. Dicen también que morirá antes de darme una señal de cariño. Nunca pensé en casarme. No debo parecer orgulloso. Felices aquellos que oyen la detracción de sus faltas y las saben enmendar. Dicen que la dama es bella. Nada más cierto; puedo atestiguarlo. Y virtuosa; efectivamente, no lo he de negar. Y discreta;

menos en amarme. Por mi fe, que eso no agrega nada a su talento, empero tampoco es una prueba grande de su insensatez, por cuanto yo aspiro a amarla desesperadamente. Quizá sea objeto de pesadas pullas y sarcasmos por haber despotricado tanto tiempo contra el matrimonio. Pero ¿no se altera el apetito? El hombre gusta en su juventud de manjares que no puede soportar en su edad madura. Los chistes, las sentencias, todos esos proyectiles de papel que lanza el cerebro, ¿han de torcer en un hombre la inclinación de su gusto? No; el mundo debe poblarse. Cuando dije que deseaba morir soltero no pensé vivir hasta el día de mi matrimonio. Aquí llega Beatriz. ¡Por la luz bendita que es una hermosa dama! Percibo ciertos síntomas de amor en ella.

Entra BEATRIZ.

BEATRIZ.—Contra mi voluntad me han enviado a llamaros a la mesa.

BENEDICTO.—Bella Beatriz, os agradezco la molestia.

BEATRIZ.—No me he tomado más molestia para merecer ese agradecimiento de la que os cuesta el agradecérmela. Si la misión me hubiera sido molesta, no habría venido.

BENEDICTO.—Entonces, ¿os complacéis en la embajada?

BEATRIZ.—Sí, tanto como vos en enarbolar la punta de un cuchillo y oprimir con él una corneja. Veo que no tenéis apetito, signior. Pasadlo bien. (Sale.)

BENEDICTO.—¡Ah! «Contra mi voluntad me han enviado a llamaros a la mesa.» Esto encierra doble sentido. «No me he tomado más molestia para merecer ese agradecimiento de la que os cuesta el agradecérmela»; que es como decir: toda molestia que me tome por vos es tan grata como vuestro agradecimiento. ¡Si no me compadezco de ella, soy un rufián; si no la amo, un judío! ¡Voy a procurarme su retrato! (Sale.)

****

Acto tercero

Escena I

Jardín de Leonato.

Entran HERO, MARGARITA y ÚRSULA.

HERO.—Buena Margarita, ve al recibimiento; allí hallarás a mi prima Beatriz conversando con el príncipe y con Claudio. Háblale al oído y dile que Úrsula y yo paseamos por el jardín y que ella sola es el tema de nuestra charla. Añade que nos has sorprendido y aconséjala que se oculte en la enramada tupida, donde las madreselvas, maduradas por el sol, impiden que éste penetre, semejantes a los favoritos encumbrados por los príncipes, que oponen su orgullo contra el poder que los creara. Allí se esconderá para escuchar nuestra conversación. Éste es el encargo que te confío. Cúmplelo bien y déjanos solas.

MARGARITA.—Enseguida vendrá, os lo aseguro.

HERO.—Ahora, Úrsula; cuando llegue Beatriz, discurriremos arriba y abajo por esta calle de árboles y nuestra charla recaerá tan sólo en Benedicto. Cuantas veces pronuncie yo su nombre, cuida por tu parte de elogiarle a un extremo que jamás hombre alguno haya merecido. Mi charla contigo se ceñirá a cómo Benedicto está enfermo de amor por Beatriz. De esta sustancia se forja la flecha del astuto y diminuto Cupido, que sólo hiere de oídas.

Entra BEATRIZ, por el fondo.

Comencemos ya; porque mira por donde viene Beatriz, deslizándose pegada al suelo, como un avefría, para oír nuestra conferencia.

ÚRSULA.—Lo más entretenido de la pesca es ver al pez con sus remos de oro cortar la onda de plata y tragar ávidamente el pérfido anzuelo. Pesquemos así a Beatriz, que ahora se oculta en la cobertura de la madreselva. No temáis por mi papel en el diálogo.

HERO.—Acerquémonos, pues, a ella; que sus oídos no pierdan nada del cebo dulce e hipócrita que le arrojamos. (Avanzan hacia la enramada.) No, por cierto, Úrsula; ella es demasiado desdeñosa. Conozco su carácter, tan fiero y esquivo como los halcones montanos que habitan en las rocas.

ÚRSULA.—Pero, ¿estáis segura de que Benedicto ama tan ardorosamente a Beatriz?

HERO.—Así lo dicen el príncipe y mi prometido.

ÚRSULA.—¿Y os han encargado de que la informéis de ello, señora?

HERO.—Me han rogado que se lo participe; pero yo les he contestado que, si estiman a Benedicto, le insten a que luche contra ese afecto y no se lo haga saber nunca a Beatriz.

ÚRSULA.—¿Por qué? ¿No es ese caballero merecedor de compartir un tálamo tan digno como aquel en que Beatriz pueda nunca reposar?

HERO.—¡Oh dios del amor! Bien sé que merece cuanto pueda otorgarse a un hombre; pero jamás formó la naturaleza un corazón femenino de materia más dura que el de Beatriz. En sus ojos cabalga chispeante el desdén y la mofa, que desprecian cuanto contemplan; y cotiza su propia discreción a precio tan alto, que, fuera de ella, nada tiene valor. No puede amar ni concebir forma ni proyecto alguno afectuoso; tan engreída está.

ÚRSULA.—Cierto. Yo pienso lo mismo. Y en estas condiciones seguramente no sería bueno que conociera su amor, no sea que se burle de él.

HERO.—En efecto, decís verdad. Jamás he visto hombre, por sabio, por joven, noble o de raras facciones que fuere, a quien no haya dispensado mala acogida. Si es rubio, jura que el caballero podría pasar por su hermana. Si es moreno, ¡bah!, la naturaleza, tomando el dibujo de una estantigua, formó una sucia mancha. Si alto, una lanza con la punta torcida. Si bajo, un ágata mal tallada. Si habla es entonces una veleta que gira a todos los vientos. Si calla, un tronco que nadie mueve. Así ve la parte mala de cada uno, y no concede nunca a la verdad y a la virtud lo que compete a la sencillez y al mérito.

ÚRSULA.—Indudablemente, indudablemente, semejante censura no es recomendable.

HERO.—No, no puede ser recomendable mostrarse tan singular e intransigente como Beatriz. Mas, ¿quién osaría decírselo? Si yo intentara hablarle, se burlaría de mí a tono. ¡Oh! Se reiría de mí hasta hacerme perder el seso; me aplastaría de muerte con su agudeza. Consúmase, pues, en suspiros Benedicto, como rescoldo que se extingue interiormente. Mejor es la muerte a morir bajo sarcasmos; lo que sería tan terrible como morir de cosquillas.

ÚRSULA.—Decídselo, no obstante; a ver qué contesta.

HERO.—No; antes iré a avisar a Benedicto y aconsejarle que combata contra su pasión. Y, por cierto, inventaré, si es necesario, cualquier honesta calumnia que moleste a mi prima. No se sabe hasta qué punto puede emponzoñar el amor una palabra adversa.

ÚRSULA.—¡Oh! No inflijáis semejante agravio a vuestra prima. No puede hallarse tan falta de buen criterio —poseyendo la vivacidad y agudeza de juicio que se le reconoce— para rechazar a un caballero tan extraordinario como el signior Benedicto.

HERO.—Es el hombre más singular de Italia, exceptuando siempre a mi amado Claudio.

ÚRSULA.—Os ruego no me riñáis, señora, si expongo mi parecer. El signior Benedicto, por su garbo, sus maneras, su cordura y su valor, es reputado el primero en toda Italia.

HERO.—En efecto, goza de una excelente reputación.

ÚRSULA.—Excelencia que había adquirido antes de tenerla. ¿Cuándo os casáis, señora?

HERO.—Pues cualquier día de éstos; mañana. Vamos adentro. Te enseñaré algunas galas y me aconsejarás cuál es la mejor para ataviarme mañana.

ÚRSULA.—Ha caído en la liga, os lo garantizo. La hemos cazado, señora.

HERO.—Si es así, se ama entonces por azar. Cupido da muerte a unos con flechas y a otros con redes. (Salen HERO y ÚRSULA.)

BEATRIZ.—(Avanzando.) ¡Cómo me zumban los oídos! ¿Será posible? ¿Se me censura de tal manera por mi orgullo y desdén? ¡Adiós, desprecio! ¡Orgullo virginal, adiós! Ninguna gloria hay que esperar de vosotros. Y tú, Benedicto, sigue amando. Yo te corresponderé, domando mi corazón salvaje al amor de tu mano. Si me amas, mi ternura te incitará a unir nuestros amores en un santo lazo, pues los demás reconocen que lo mereces, y yo lo creo mejor por mí que por referencias. (Sale.)

Escena II

Aposento en la casa de Leonato.

(Entran DON PEDRO, CLAUDIO, BENEDICTO y LEONATO.)

DON PEDRO.—Permanezco sólo hasta que se realice vuestra boda y después parto hacia Aragón.

CLAUDIO.—Os acompañaré hasta allí, señor, si me lo permitís.

DON PEDRO.—No; sería tanto como empeñar el nuevo brillo de vuestro matrimonio, trataros como a un niño a quien se le enseñara su vestido nuevo y se le prohibiera el usarlo. Me atreveré sólo a solicitar la compañía de Benedicto, que desde la coronilla hasta la punta de sus pies es todo alegría. Dos o tres veces cortado la cuerda del arco de Cupido y el pequeño verdugo no osa ya tirar contra él. Tiene un corazón tan sonoro como una campana y su lengua es el badajo, pues lo que piensa su corazón su lengua lo pronuncia.

BENEDICTO.—No soy el que era, galanes.

LEONATO.—Eso digo yo; me parece que estáis triste.

CLAUDIO.—Sospecho que está enamorado.

DON PEDRO.—¡A la horca, renegado! No hay en él una sola gota de sangre capaz de sentir lealmente los efectos del amor. Si está triste es que carece de dinero.

BENEDICTO.—Me duele una muela.

DON PEDRO.—Sácatela.

CLAUDIO.—Que se ahorque.

LEONATO.—Ahorcarla primero y sacárosla después.

DON PEDRO.—¡Cómo! ¿Suspirar por un dolor de muelas?

LEONATO.—¿Es otra cosa sino un flujo o gusanillo?

BENEDICTO.—Bien; todo el mundo sabe dominar el mal, menos el que lo padece.

CLAUDIO.—No obstante, digo que está enamorado.

DON PEDRO.—No se advierte en él rareza alguna, a no ser el capricho de disfrazarse con trajes extraños; como hoy de holandés, mañana de francés, o a la usanza de dos naciones a un tiempo, a saber, de alemán de cintura para abajo, todo gregüescos, y de español de cintura para arriba, ropilla no más. A no ser que le dé el capricho por esta locura, como parece que le da, no está loco por otro capricho, como queréis suponer.

CLAUDIO.—Si no está enamorado de alguna mujer, no hay que dar crédito a signos antiguos. Se cepilla el sombrero por la mañana. ¿Qué indica eso?

DON PEDRO.—¿Le ha visto alguien en casa del barbero?

CLAUDIO.—No, pero se le ha visto con el oficial del barbero, y el antiguo adorno de sus mejillas ha servido ya para rellenar pelotas.

LEONATO.—En efecto, tiene cara de más joven desde que ha perdido la barba.

DON PEDRO.—Y además se perfuma con algalia. ¿Deducís algo de este olor?

CLAUDIO.—Equivale a decir que el perfumado mancebo está enamorado.

DON PEDRO.—La mejor prueba de ello es su melancolía.

CLAUDIO.—¿Y cuándo había acostumbrado a lavarse la cara?

DON PEDRO.—Justamente, ¿y a acicalarse? Por lo cual ya he oído lo que dicen de él.

CLAUDIO.—No, es su espíritu chancero, que se ha deslizado ahora por entre las cuerdas de un laúd y se deja regir ya por las clavijas.

DON PEDRO.—En verdad, eso revela en él una historia grave. Concluyamos, concluyamos: está enamorado.

CLAUDIO.—Por cierto, sólo yo sé quién le ama.

DON PEDRO.—Es lo que yo también quisiera saber. Os aseguro que se trata de alguna persona que no le conoce.

CLAUDIO.—Ya lo creo, y todas sus malas cualidades; y, a pesar de todo, se muere por él.

DON PEDRO.—Habrá que enterrarla cara al cielo.

BENEDICTO.—En todo eso, no obstante, no hallo ensalmo para el dolor de muelas. Venerable señor, daos un paseo a solas conmigo. He estudiado ocho o nueve palabras sensatas que es menester os diga, y que no tienen por qué oír estos estafermos. (Salen BENEDICTO y LEONATO.)

DON PEDRO.—Por vida mía, a manifestarse va con él respecto de Beatriz.

CLAUDIO.—Exactamente, Hero y Margarita habrán representado sus papeles con Beatriz, y ya no se morderán una a otra las dos fieras cuando se encuentren.

(Entra DON JUAN.)

DON JUAN.—Mi señor y hermano, Dios os guarde.

DON PEDRO.—Buenas tardes, hermano.

DON JUAN.—Quisiera hablar con vos, si disponéis de tiempo.

DON PEDRO.—¿A solas?

DON JUAN.—Si os place; sin embargo, el conde Claudio puede escuchar, pues lo que he de deciros le concierne.

DON PEDRO.—¿De qué se trata?

DON JUAN.—(A CLAUDIO.) ¿Piensa casarse mañana vuestra señoría?

DON PEDRO.—Ya sabéis que sí.

DON JUAN.—No sé si se casará o no, cuando sepa lo que yo sé.

CLAUDIO.—Si hubiese algún impedimento, os suplico que lo manifestéis.

DON JUAN.—Quizá creáis que no os estimo; eso se aclarará luego, y tendréis mejor opinión de mí en vista de lo que voy ahora a descubriros. Por lo que hace a mi hermano, pienso que os considera mucho, y por afecto de corazón ha contribuido a efectuar vuestro enlace. Cortejo, a la verdad, mal entendido y trabajo mal empleado.

DON PEDRO.—Pero, ¿qué sucede?

DON JUAN.—Vengo aquí a deciros, y abreviaré pormenores —pues ella hace bastante tiempo que anda en lenguas de todos—, que la dama es desleal.

CLAUDIO.—¿Quién? ¿Hero?

DON JUAN.—La misma. Hero, la hija de Leonato; vuestra Hero, la Hero de todo el mundo.

CLAUDIO.—¿Desleal?

DON JUAN.—La palabra es demasiado suave para pintar su maldad. Puedo decir que es peor; buscad un calificativo peor, y sabré justificarlo. No os admire hasta tener mayor garantía; si no, venid esta noche conmigo, y veréis escalar la ventana de su aposento en la noche víspera del día de su boda. Si la podéis amar entonces, casaos mañana con ella; empero convendría más a vuestro honor cambiar de intento.

CLAUDIO.—¿Puede ser tal cosa?

DON JUAN.—Si no os atrevéis a dar crédito a lo que veáis, no confeséis que lo habéis visto. Si queréis seguidme, os mostraré lo suficiente, y cuando veáis y oigáis más, obrad en consecuencia.

CLAUDIO.—¡Si viese esta noche cosa alguna por la cual no deba casarme con ella mañana, la avergonzaré en la congregación donde hubiera de desposarme!

DON PEDRO.—Y así como la cortejé en tu nombre para obtenerla, me uniré contigo para confundirla.

DON JUAN.—No la desdoraré más hasta que seáis testigos de lo que he anticipado. Conservad la serenidad siquiera hasta la medianoche, y dejad que el caso se aclare por sí mismo.

DON PEDRO.—¡Oh día aciagamente tornado!

CLAUDIO.—¡Oh desgracia extrañamente sobrevenida!

DON JUAN.—¡Oh calamidad a tiempo evitada! Así os expresaréis cuando hayáis visto el resultado.(Salen.)

Escena III

Una calle.

(Entran DOGBERRY y VERGES, con la ronda.)

DOGBERRY.—¿Sois gente honrada y fiel?

VERGES.—Sí, pues de lo contrario sería lástima que no sufrieran eterna salvación en cuerpo y alma.

DOGBERRY.—No, que eso sería un castigo demasiado benigno para ellos, si tuvieran tan sólo un átomo de lealtad, puesto que han sido elegidos para la ronda del príncipe.

VERGES.—Está bien; dadles la consigna, vecino Dogberry.

DOGBERRY.—En primer lugar, ¿quién creéis que es el más incapacitado para hacer de alguacil?

GUARDIA PRIMERO.—Hugo Oatcake o Jorge Seacoal, señor, pues saben leer y escribir.

DOGBERRY.—Venid acá, vecino Seacoal. Dios os ha favorecido con un buen nombre. Ser un hombre guapo es un don de la fortuna, pero saber leer y escribir depende de la naturaleza.

GUARDIA SEGUNDO.—Cosas ambas, maese alguacil...

DOGBERRY.—Que poseéis vos. Sabía que iba a ser ésa vuestra respuesta. Está bien. En lo que concierne a ser un hombre guapo, ¡bah!, señor, dadle a Dios las gracias y no os envanezcáis; y respecto de vuestra lectura y escritura, mostradlas cuando no haya necesidad de vanidad semejante. Pasáis aquí por el hombre más insensato y el más a propósito para alguacil de la ronda. Cargad, pues, con la linterna. Ésta es vuestra consigna: «Comprenderéis» a todos los vagabundos y mandaréis a todo el mundo que se tenga, en nombre del príncipe.

GUARDIA PRIMERO.—¡Ah! ¿Y si hay quien no se quiere tener?

DOGBERRY.—Bien. Entonces no os ocupéis de él, sino dejadle partir; e inmediatamente llamad a los demás de la ronda, y agradeced a Dios el haberos desembarazado de un bellaco.

VERGES.—Si no quiere tenerse al serle mandado no es súbdito del príncipe.

DOGBERRY.—Cierto, y ellos no han de meterse sino con los súbditos del príncipe. Y no armaréis ruido en las calles, pues ronda que chacharea y habla es cosa «tolerable» y que no se puede sufrir.

GUARDIA SEGUNDO.—Más bien habremos de dormir que charlar; sabemos lo que concierne a una ronda.

DOGBERRY.—Vaya, habláis como un guardia veterano y tranquilísimo, pues no veo en qué pueda ofender el dormir. Solamente debéis tener cuidado con que no os roben los chuzos. Bien; llamad en todas las cervecerías y mandad a los que estén borrachos que se retiren a la cama.

GUARDIA PRIMERO.—¿Y si no quieren?

DOGBERRY.—Pues, en ese caso, dejadles tranquilos hasta que se despejen. Si entonces no os dan mejor contestación, podéis decir que les tomasteis por quienes no eran.

GUARDIA PRIMERO.—Está bien, señor.

DOGBERRY.—Si os encontráis con un ladrón, podéis sospechar, por razón de vuestro cargo, que no es una persona honrada; y en cuanto a semejante especie de hombres, cuanto menos tratéis u os metáis con ellos, tanto más ganará, por cierto, vuestra reputación.

GUARDIA SEGUNDO.—Si nos consta que es un ladrón, ¿no le echaremos mano?

DOGBERRY.—Verdaderamente, podéis, en virtud de vuestro oficio; pero opino que quienes tocan la pez suelen mancharse. El procedimiento más pacífico, si topáis con un ladrón, es dejarle que se conduzca como quien es y que se abstenga de vuestra compañía.

VERGES.—Siempre habéis pasado por hombre misericordioso, compañero.

DOGBERRY.—A decir verdad, no quisiera voluntariamente ahorcar a un perro; mucho menos a un hombre que no tiene honradez alguna.

VERGES.—Si oyerais gritar a un niño en la noche, debéis llamar a la nodriza y ordenarla que le haga callar.

GUARDIA SEGUNDO.—¿Y si la nodriza está durmiendo y no quiere oírnos?

DOGBERRY.—Pues entonces marchaos en paz y dejad que el niño la despierte con sus chillidos, pues la oveja que no atiende al cordero cuando bala, no responderá al ternero cuando muja.

VERGES.—Es muy cierto.

DOGBERRY.—He aquí el fin de la consigna. Vos, alguacil, representáis al mismo príncipe en persona. Si tropezáis con él de noche, podéis detenerle.

VERGES.—No, por la Virgen; yo creo que no puede.

DOGBERRY.—Apuesto cinco chelines contra uno, con cualquiera que conozca los estatutos, a que puede detenerle. Claro está, ¡pardiez!, que no ha de ser sin la anuencia del príncipe, porque, en verdad, la ronda no debe ofender a nadie, y es ofensa detener a un hombre contra su voluntad.

VERGES.—Por la Virgen, que ésa es mi opinión.

DOGBERRY.—¡Ja, ja, ja! Vaya, maeses, buenas noches. Si ocurre algo grave, llamadme a mí. Guardad el secreto de vuestros camaradas y los vuestros propios, y buenas noches. Vamos, vecino.

GUARDIA SEGUNDO.—Conque, maeses, ya habéis oído la consigna. Vamos a sentarnos en el poyo de la iglesia hasta las dos, y después a la cama.

DOGBERRY.—Una palabra más, honrados vecinos. Os ruego que rondéis la puerta del signior Leonato, pues celebrándose allí boda mañana, hay gran bullicio esta noche. Adiós; estad «vigitantes», os suplico. (Salen DOGBERRY y VERGES.)

Entran BORACHIO y CONRADO.

BORACHIO.—¡Qué hay! ¡Conrado!

GUARDIA PRIMERO.—(Aparte.) ¡Silencio! ¡No os mováis!

BORACHIO.—¡Conrado, digo!

CONRADO.—Aquí estoy, hombre, pegado a tu codo.

BORACHIO.—Por la misa, y que sentí comezón en él. Pensé que iba a salirme un compañero sarnoso.

CONRADO.—Ya te contestaré de manera adecuada a eso; y ahora, prosigue con tu relato.

BORACHIO.—Apártate aprisa bajo este cobertizo, que empieza a lloviznar, y, como un verdadero borracho, te lo contaré todo.

GUARDIA PRIMERO.—(Aparte.) Alguna traición, maeses. No os mováis aún.

BORACHIO.—Has de saber, pues, que he obtenido mil ducados de don Juan.

CONRADO.—¿Es posible que infamia alguna se venda tan cara?

BORACHIO.—Mejor harías en preguntar si es posible que infame alguno sea tan rico; pero cuando los infames ricos tienen necesidad de los infames pobres, los pobres pueden reclamar el precio que quieran.

CONRADO.—Me asombro de ello.

BORACHIO.—Eso muestra que no estás iniciado. Ya sabes que la moda de una ropilla, de un sombrero o de una capa nada hacen al hombre.

CONRADO.—Sí, componen su traje.

BORACHIO.—Me refiero a la moda.

CONRADO.—En efecto, la moda es la moda.

BORACHIO.—¡Quita allá! Eso es tanto como decir que un necio es un necio. Pero, ¿no ves la moda, qué pícaro deforme es?

GUARDIA PRIMERO.—(Aparte.) Conozco a ese Deforme, un pícaro ladrón que merodea por ahí hace siete años, y va vestido de caballero. Recuerdo su nombre.

BORACHIO.—¿No has oído a alguien?

CONRADO.—No, era la veleta de esa casa.

BORACHIO.—¿No ves, te decía, qué pícaro deforme es esa moda? ¡Qué vertiginosamente trastorna a cuantos tienen la sangre caliente desde los catorce a los treinta y cinco años! A veces los disfraza a manera de soldados de Faraón en un lienzo ahumado; otras veces los viste como sacerdotes del dios Baal en las vidrieras de los antiguos templos; a menudo los atavía a semejanza del Hércules cercenado de las tapicerías apolilladas y mugrientas, donde su miembro aparece tan gordo como su maza.

CONRADO.—Veo todo eso, y veo también que la moda gasta más ropa que el hombre. Pero tú mismo, ¿no tienes la cabeza trastornada por la moda, pues te apartas del relato que ibas a contarme, para divagar con ella?

BORACHIO.—No, de ningún modo. Sabe, pues, que esta noche he cortejado a Margarita, la doncella de la señora Hero, llamándola Hero. Asomada a la ventana del aposento de su señorita, me ha dado mil veces las buenas noches... Pero te cuento con torpeza la historia... He debido comenzar diciéndote cómo el príncipe, Claudio y mi amo, apostados, colocados y advertidos por mi amo don Juan, presenciaron desde lejos en el jardín esta cita amorosa.

CONRADO.—¿Y creyeron que Margarita era Hero?

BORACHIO.—Dos de ellos lo creyeron; pero el diablo de mi amo sabía que era Margarita; y en parte por los juramentos con que los había ya embaucado, en parte por la oscuridad de la noche, que los ofuscó; pero sobre todo por mi villanía, que confirmó cierta calumnia inventada por don Juan, lo cierto es que Claudio salió de allí enfurecido; juró que se reuniría con ella, según estaba acordado, a la mañana siguiente, en el templo, y que allí, ante toda la concurrencia, la avergonzaría con lo que había visto la noche anterior y la enviaría de nuevo a su casa sin marido.

GUARDIA PRIMERO.—¡En nombre del príncipe, daos presos!

GUARDIA SEGUNDO.—Avisad al señor alguacil mayor. Hemos descubierto aquí la más peligrosa obra de libertinaje que se ha cometido jamás en el Estado.

GUARDIA PRIMERO.—Y anda en ello un tal Deforme. Le conozco; lleva un rizo...

CONRADO.—¡Señores, señores!

GUARDIA SEGUNDO.—Ya daréis noticias de ese Deforme, os aseguro.

CONRADO.—Pero señores...

GUARDIA PRIMERO.—Ni una palabra. Os intimidamos a que os dejéis obedecer y nos sigáis.

BORACHIO.—¡Es posible que resultemos una excelente mercancía, habiendo sido adquiridos por los chuzos de hombres como éstos!

CONRADO.—Una mercancía empapelada, os lo aseguro. Vamos, os obedeceremos. (Salen.)

Escena IV

Aposento en la casa de Leonato.

Entran HERO, MARGARITA y ÚRSULA.

HERO.—Buena Úrsula, despierta a mi prima Beatriz y suplícala que se levante.

ÚRSULA.—Voy, señora.

HERO.—Y dile que venga aquí.

ÚRSULA.—Está bien. (Sale.)

MARGARITA.—En verdad, creo que os sentaría mejor el otro rebato.

HERO.—No, buena Marga, por favor, quiero llevar éste.

MARGARITA.—Por mi fe que no es tan bonito, y estoy segura de que vuestra prima será del mismo parecer.

HERO.—Mi prima es una loca y tú eres otra. No llevaré sino éste.

MARGARITA.—Hallaría precioso este nuevo añadido, si el cabello fuera un poco más oscuro. En cuanto al vestido, a fe que está confeccionado a la última moda. He visto el de la duquesa de Milán, que tanto ensalzan.

HERO.—¡Oh! Dicen que excede a toda ponderación.

MARGARITA.—Por mi fe, es una bata de noche al lado del vuestro: tela de brocado, acuchillada, con pasamano de plata, guarnecida de perlas, con manga al costado y manga perdida; la falda, orlada con brocadillo azulado; pero en cuanto al corte fino, singular, gracioso y elegante, el vuestro es diez veces preferible.

HERO.—¡Dios me dé alegría para lucirlo! Porque mi corazón está sumamente apesadumbrado.

MARGARITA.—Pronto lo estará más con el peso de un hombre.

HERO.—¡Vergüenza de ti! ¿No sientes rubor?

MARGARITA.—¿De qué, señora? ¿De hablar de cosas honradas? ¿El casamiento no es honrado incluso entre pordioseros? ¿No es honrado vuestro prometido aun sin casarse? Pienso que he debido decir: «Con el mayor respeto, un esposo». A no ser que un mal pensamiento interprete torcidamente mis palabras, a nadie he ofendido. ¿Hay algún pecado en «con el peso de un esposo»? Creo que no cuando se trata del esposo legítimo y de la legítima esposa. De otro modo el peso sería liviano y no pesado. Preguntad, si no, a mi señora Beatriz, que aquí llega.

Entra BEATRIZ.

HERO.—Buenos días, prima.

BEATRIZ.—Buenos días, querida Hero.

HERO.—¡Cómo! ¿Qué es eso? ¿Habláis en un tono sentimental?

BEATRIZ.—Me parece que no sabría afectar otro.

MARGARITA.—Entonad Luz de amor, que no tiene estribillo. Cantadla, y yo bailaré.

BEATRIZ.—¡Luz de amor con vuestros talones! Pues como vuestro marido tenga bastantes establos, veréis que no han de faltarle graneros.

MARGARITA.—¡Oh interpretación maligna! La despreciaré con mis talones.

BEATRIZ.—Son casi las cinco, prima. Ya es hora de que estéis arreglada. A fe mía, que me encuentro extremadamente mal. ¡Ay!

MARGARITA.—¿Qué os falta? ¿Un halcón, un caballo o un esposo?

BEATRIZ.—Sufro de la letra con que principian todas esas palabras, de la h1.

MARGARITA.—Bueno, si no os habéis convertido en turca, no queda otro remedio sino navegar por la estrella polar.

BEATRIZ.—¿Qué quiere decir esta loca?, pienso.

MARGARITA.—¡Ya nada; sino que Dios dé a cada cual lo que su corazón desea!

HERO.—Estos guantes me los ha enviado el conde. Despiden un perfume embriagador.

BEATRIZ.—Estoy constipada, prima. No tengo olfato.

MARGARITA.—¡Doncella y constipada! ¿No será que habéis cogido un frío de castidad?

BEATRIZ.—¡Oh, venga Dios en mi ayuda! ¡Venga Dios en mi ayuda! ¿Desde cuándo tan chistosa?

MARGARITA.—Desde que vos habéis dejado de serlo. ¿No me sienta admirablemente el donaire?

BEATRIZ.—No se nota lo suficiente; debierais llevarlo en el tocado. Por mi fe, que estoy enferma.

MARGARITA.—Tomad un poco de carduus benedictus destilado y aplicáoslo al corazón. Es el único calmante para un desfallecimiento.

HERO.—Advierte que eso es pincharla con un cardo.

BEATRIZ.—¡Benedictus! ¿Por qué benedictus? ¿Veis algún sentido en ese benedictus?

MARGARITA.—¡Sentido oculto! ¡Por mi fe, yo no he pretendido dárselo! Quise decir sencillamente cardo bendito. Quizá creáis que os supongo enamorada: No, por la Virgen. No soy tan tonta que dé crédito a cuanto se me ocurra, ni se me ocurre tampoco dar crédito a lo que quisiera; no, en verdad; no se me ocurriría pensar, aunque me volviera loca, que estáis enamorada, o que lo estaréis o que podéis estarlo. No obstante, Benedicto era una persona tal como vos, y ahora se ha vuelto como los demás hombres. Juró que jamás se casaría y, sin embargo, al presente, a despecho de su corazón, come su pan de amor sin repugnancia. Que vos os convirtáis lo ignoro; pero se me antoja que comenzáis a mirar con vuestros ojos igual que las demás mujeres.

BEATRIZ.—¿Qué paso es ese que lleva tu lengua?

MARGARITA.—No es un falso galope.

Vuelve a entrar ÚRSULA.

ÚRSULA.—Daos prisa, señora. El príncipe, el conde, el signior Benedicto, don Juan y todos los galanes de la ciudad vienen por vos para llevaros a la iglesia.

HERO.—Ayudadme a vestir, querida prima, querida Marga, querida Úrsula.

(Salen.)

Escena V

Otro aposento en la casa de Leonato.

Entra LEONATO con DOGBERRY y VERGES.

LEONATO.—¿Qué queréis de mí, honrado vecino?

DOGBERRY.—A fe, señor, quisiera haceros cierta confidencia que os atañe cercanamente.

LEONATO.—Sed breve, os ruego, pues ya veis que estoy muy ocupado.

DOGBERRY.—A fe que es así, señor.

VERGES.—Sí que lo estáis, señor.

LEONATO.—Veamos, ¿de qué se trata, mis queridos amigos?

DOGBERRY.—El buen Verges, señor, se aparta un poco del asunto: está viejo, señor, y su caletre no es tan «romo» como, Dios mediante, quisiera yo que fuese. Pero a fe que es honrado como el cuero que tiene entre las cejas.

VERGES.—En efecto, gracias a Dios, soy tan honrado como el que más que sea tan viejo como yo y no más honrado.

DOGBERRY.—Las comparaciones son «olorosas»; palabras, vecino Verges.

LEONATO.—Vecinos, sois fastidiosos.

DOGBERRY.—Favor que nos hace vuestra señoría; pero somos humildes «fatidioso» como un rey, mi corazón emplearía todo su fastidio en servicio de vuestra señoría.

LEONATO.—¡Todo tu fastidio en mi favor! ¡Ja!

DOGBERRY.—Sí, aunque fuera mil veces más pesado de lo que es, pues he oído tan buen «reproche» de vuestra señoría, como de cualquiera de la ciudad; y aunque no soy más que un pobre hombre, me alegro de haberlo oído.

VERGES.—Y yo también.

LEONATO.—Quisiera saber, a lo menos, lo que tenéis que decirme.

VERGES.—Es el caso, señor, que esta noche nuestra ronda, con la excepción presente de vuestra señoría, ha echado el guante a un par de bellacos tan pícaros como los que más en Mesina.

DOGBERRY.—Es un pobre viejo, señor, que habla allá te vas. Como dice el refrán, cuanto más viejo más pellejo. ¡Válgame Dios! ¡Hay que ver el mundo! ¡Bien dicho, a fe, compadre Verges! Bravo; Dios es un buen hombre. Si dos hombres montan en un caballo, uno tiene que ir a las ancas. Un corazón honrado, a fe, señor. Por vida mía que lo es, como que nunca ha roto un plato. Pero, ¡alabado sea Dios!, no todos somos unos. ¡Ay, el bueno del compadre!

LEONATO.—En efecto, vecino, os es bastante inferior.

DOGBERRY.—Suerte que Dios da.

LEONATO.—Tengo que dejaros.

DOGBERRY.—Una palabra, señor. Nuestra ronda, señor, ha aprehendido, en efecto, a dos personas «despechosas»; y quisiéramos que comparecieran esta mañana ante vuestra señoría.

LEONATO.—Tomadles vos mismo la declaración y traédmela. Tengo ahora mucha prisa, como podéis observar.

DOGBERRY.—Eso será «suficiente».

LEONATO.—Bebed un trago de vino antes de partir y pasadlo bien.

Entra un MENSAJERO.

MENSAJERO.—Señor, os aguardan para que entreguéis vuestra hija a su esposo.

LEONATO.—A sus órdenes. Voy ahora mismo. (Salen LEONATO y el MENSAJERO.)

DOGBERRY.—Id, buen compañero, id en busca de Francisco Seacoal. Decidle que traiga su pluma y tintero a la cárcel. Vamos ahora a «examinar» a esos hombres.

VERGES.—Y es menester hacerlo con chispa.

DOGBERRY.—Eso no ha de faltarnos, os lo garantizo. Hay aquí (Tocándose la frente.) lo que obligará a cantar a algunos de ellos. Buscad sólo al sabio escribiente para que extienda nuestra «excomunión» y juntaos conmigo en la cárcel. (Salen.)

****

Acto Cuarto

Escena I

Interior de una iglesia.

Entran DON PEDRO, DON JUAN, LEONATO, FRAY FRANCISCO, CLAUDIO,

BENEDICTO, HERO, BEATRIZ, etc.

LEONATO.—Vamos, fray Francisco, sed breve: ateneos a la simple fórmula del matrimonio, y después expondréis sus deberes particulares.

FRAILE.—¿Venís aquí, señor, a casar a esta dama?

CLAUDIO.—No.

LEONATO.—A ser casado con ella, padre; vos sois quien viene a casarle con ella.

FRAILE.—Señora, venís aquí a casaros con este conde.

HERO.—Vengo.

FRAILE.—Si alguno de vosotros dos sabe de algún impedimento íntimo que se oponga a que seáis enlazados, os invito, por la salvación de vuestras almas, a que lo declaréis.

CLAUDIO.—¿Sabéis de alguno, Hero?

HERO.—De ninguno, mi señor.

FRAILE.—¿Sabéis vos de alguno, conde?

LEONATO.—Me atrevo a contestar por él: de ninguno.

CLAUDIO.—¡Oh! ¡A cuánto se atreven los hombres! ¡Cuánto osan hacer! ¡Cuánto hacen diariamente, sin saber lo que hacen!

BENEDICTO.—¡Cómo! ¿Interjecciones? Pues entonces las habrá de risa, como ¡Ah! ¡Ja! ¡Ja!

CLAUDIO.—Acércate, fraile. Padre, con vuestro permiso: ¿me dais a esta doncella, vuestra hija, libremente y sin violencia alguna?

LEONATO.—Tan libremente, hijo mío, como Dios hubo de concedérmela.

CLAUDIO.—Y yo, ¿qué podría daros en pago de tan rico y valioso presente?

DON PEDRO.—Nada, a no ser que se la devolvierais.

CLAUDIO.—Querido príncipe, me enseñáis gratitud noble. Leonato, recobrad, pues, a vuestra hija: no deis esa naranja podrida a vuestro amigo. No tiene de honrada sino la señal y apariencia. ¡Mirad! ¡Se sonroja como una virgen! ¡Oh! ¡De qué sinceridad y muestra de virtud puede revestirse el astuto vicio! Ese rubor, esa modestia, ¿no vienen a atestiguar su sencilla honradez? Todos cuantos la contempláis, ¿no juraríais que es una virgen, por su aspecto exterior? ¡Pues no lo es! ¡Conoce el calor de un lecho lujurioso; y si enrojece, no es de pudor, sino de vergüenza!

LEONATO.—¿Qué queréis decir, señor?

CLAUDIO.—¡Que no me caso, que no junto mi alma a la de una probada libertina!

LEONATO.—Mi querido señor, si, en prueba propia, habéis vencido la resistencia de su juventud y hecho derrota de su virginidad...

CLAUDIO.—Sé lo que queréis decir: que si la he poseí- do, si la he tenido entre mis brazos, fue en calidad de esposo, y debo, por lo tanto, excusar una falta anticipada. No, Leonato. Nunca la tenté con palabras licenciosas. Sólo le dirigí expresiones de candor sincero y de un respetuoso amor, como hubiera hecho un hermano con su hermana.

HERO.—¿Y me conduje nunca de otro modo con vos?

CLAUDIO.—¡Mal haya tu apariencia! Yo la denunciaré. Me hacíais el efecto de una Diana en su esfera, tan casta como el capullo antes de florecer; pero sois más desenfrenada en vuestros deseos que Venus, o que esos animales mimados que retozan en una salvaje sensualidad.

HERO.—¿Está mi señor en su juicio, que desvaría de ese modo?

LEONATO.—Querido príncipe, ¿por qué no habláis?

DON PEDRO.—¿Qué voy a hablar? Estoy avergonzado por haber querido unir a mi caro amigo con una vulgar ramera.

LEONATO.—¿Se dicen tales cosas, o soy víctima de un sueño?

DON JUAN.—Señor, se dicen, y son verdaderas.

BENEDICTO.—¡Esto no lleva trazas de boda!

HERO.—¡Verdaderas! ¡Oh Dios!

CLAUDIO.—¿Estoy yo aquí, Leonato? ¿Es éste el príncipe? ¿Este otro el hermano del príncipe? ¿Es ése el rostro de Hero? ¿Son estos ojos nuestros ojos?

LEONATO.—Todo es así, ¿y a qué viene eso, señor?

CLAUDIO.—Permitidme que haga una pregunta a vuestra hija; y por aquella autoridad paterna y fuero blando que tenéis sobre ella, mandadla que responda francamente.

LEONATO.—Te exijo que así lo hagas, como hija mía que eres.

HERO.—¡Oh Dios, amparadme! ¡Cómo me acosan! ¿Qué clase de interrogatorio es éste?

CLAUDIO.—Un interrogatorio para que respondáis con verdad a vuestro nombre.

HERO.—¿No es el de Hero? ¿Quién podrá manchar tal nombre con un reproche justo?

CLAUDIO.—¡A fe que Hero! ¡Hero misma puede manchar la virtud de Hero! ¿Quién era el hombre que hablaba con vos anoche, en vuestra ventana, entre doce y una? Ahora, si sois doncella, responded.

HERO.—Con ningún hombre he hablado a tal hora, señor.

DON PEDRO.—No sois doncella entonces. -Leonato, me duele que hayáis de oírlo. Por mi honor, yo, mi hermano y este pobre conde la hemos visto y oído a esa hora de la noche última hablar con un rufián en la ventana de su aposento; el cual, como bellaco, al fin, sin pizca de decoro, nos confesó las viles entrevistas que habían tenido mil veces en secreto.

DON JUAN.—¡Vergonzosas! ¡Vergonzosas! No merecen otro nombre, señor, ni que se hable de ellas. No hay castidad suficiente en el lenguaje para referirlas sin ofender los oídos. Así que, linda joven, lamento tu notoria liviandad.

CLAUDIO.—¡Oh Hero! ¡Qué heroína, qué dechado fueras, de haber empleado la mitad de tus hechizos exteriores en adornar tus pensamientos y las aspiraciones de tu corazón! Pero ¡adiós a ti, la más inmunda y la más bella! ¡Adiós a ti, pura impiedad e impía pureza! Por ti cerraré todas las puertas del amor, y la sospecha penderá de mis párpados para trocar toda hermosura en pensamientos de maldad y nunca hallarle otros atractivos.

LEONATO.—¿No hay aquí un puñal para matarme?

HERO se desmaya.

BEATRIZ.—¡Ay! ¡Qué es esto, prima! ¿Os sentís enferma?

DON JUAN.—Venid, partamos. Semejantes revelaciones le han hecho perder el sentido. (Salen DON PEDRO, DON JUAN y CLAUDIO.)

BENEDICTO.—¿Cómo está la prima?

BEATRIZ.—¡Creo que muerta! ¡Socorro, tío! ¡Hero! ¡Ay! ¡Hero! ¡Tío! ¡Signior Benedicto! ¡Monje!

LEONATO.—¡Oh destino! ¡No levantes tu pesada mano! ¡La muerte es el mejor velo que puede desearse para cubrir su oprobio!

BEATRIZ.—¿Cómo te sientes? ¡Prima Hero!

FRAILE.—Reconfortaos, señora.

LEONATO.—¿Y alzas la vista?

FRAILE.—Sí; ¿por qué no ha de alzarla?

LEONATO.—¡Por qué! ¡Cómo! ¿Todo lo que hay sobre la tierra no grita su deshonra? ¿Puede negar aquí el relato que lleva impreso en su sangre? No vivas, Hero; no abras los ojos. ¡Porque si supiera que no querías morir de golpe, que tu ánimo tuviera más fuerza que tu infamia, yo mismo, en ayuda de tus remordimientos, atentaría contra tu vida! ¿Me apenaba el tener una hija tan sólo? ¿Acusé a la naturaleza por haberse mostrado avara? ¡Oh! ¡Fue demasiado pródiga en darme a ti! ¿Por qué te tuve? ¿Por qué has sido siempre tan grata a mis ojos? ¿Por qué con mano caritativa no recogí mejor del umbral de mi puerta la descendencia de un mendigo, para al verla así enlodada y sumida en la infamia, haber podido decir: «Nada tiene mío; esta vergüenza procede de lomos ignorados»? Pero ¡mi propia hija! ¡Una hija que amaba, que ensalzaba, de la que me enorgullecía hasta el extremo de no ser yo mismo, de no estimarme ni pertenecerme sino por ella! ¡Oh! ¡Verla caída en una cisterna de tinta, que el ancho mar no tiene gotas para lavar lo bastante su mancha y escasísima sal para devolver la frescura a su carne corrompida!

BENEDICTO.—Señor, señor, calmaos. Por mi parte, estoy tan confundido de admiración, que no sé qué decir.

BEATRIZ.—¡Oh, por mi alma! ¡Han calumniado a mi prima!

BENEDICTO.—Señora, ¿habéis compartido su lecho la noche última?

BEATRIZ.—No, en verdad, no; pero hasta anoche hemos dormido juntas estos doce meses.

LEONATO.—¡Confirmado, confirmado! ¡Oh, la verdad es más sólida, aunque ya fue reforzada con barrotes de hierro! ¿Iban a mentir los dos príncipes? ¿Iba a mentir Claudio, que la amaba de modo que hablando de su impureza la lavaba con sus lágrimas? ¡Dejadla! ¡Dejadla que muera!

FRAILE.—Oídme un instante. Si he callado tanto tiempo, y dejado seguir su curso a este accidente, ha sido sólo por observar a la dama. Mil apariciones ruborosas han turbado su rostro; mil sonrojos inocentes han cedido su puesto a blancuras angélicas; y en sus ojos brillaba un fuego como para quemar los errores sostenidos por los príncipes contra su real virginidad. Tratadme de loco; no tengáis confianza en mis observaciones, que con el sello de la experiencia confirma el extracto de mi estudio; no concedáis nada a mis años, a mi dignidad, a mi vocación, ni a mi sagrado ministerio, si esta adorable señora no ha sido aquí víctima de algún error mordaz.

LEONATO.—Fraile, te equivocas. Ya ves que todo el pudor que le queda consiste en no querer añadir a su condenación el pecado de perjurio. No lo niega. ¿A qué, pues, buscas una excusa para disimular lo que aparece en su propia desnudez?

FRAILE.—Señora, ¿quién es el hombre con el cual se os acusa?

HERO.—Lo sabrán quienes me acusan; yo no lo conozco. Si conociera a hombre alguno viviente más de lo que puede convenir a la castidad de una doncella, ¡que mis pecados no hallen redención! ¡Oh padre mío! ¡Probad que un hombre ha conversado conmigo a horas desusadas, o que anoche mantuve cambio de palabras con ser alguno, y repudiadme, odiadme, torturadme hasta la muerte.

FRAILE.—Los príncipes sufren alguna extraña equivocación.

BENEDICTO.—Dos de ellos son el honor personificado. Si su buena fe ha sido sorprendida, habrá que achacar el fraude a Juan el bastardo, cuyo ingenio se ocupa en fraguar vilezas.

LEONATO.—¡No lo sé! ¡Si han dicho de ella sólo la verdad, la harán trizas estas manos! ¡Si mancharon su honor con la calumnia, el más altivo de ellos tendrá que sentir! El tiempo no ha desecado tanto la sangre de mis venas, ni la edad embotado mi inventiva, ni la suerte agotado mis recursos, ni de tantos amigos me ha alejado mi mala vida; sino que hallarán despiertos para semejante empresa la fuerza de un brazo y la prudencia de un ingenio, medios eficaces y plantel de amigos para tomar venganza cumplidamente.

FRAILE.—Pausa un momento, y guiaos de mi consejo en esta ocasión. Los príncipes han dejado aquí a vuestra hija por muerta. Ocultadla algún tiempo secretamente y hacer correr la voz de que, en efecto, ha sucumbido. Simulad ostentación de luto; suspended del viejo panteón de vuestra familia un epitafio fúnebre y cumplid todos los ritos correspondientes a un entierro.

LEONATO.—¿A qué conducirá eso? ¿De qué podrá servir?

FRAILE.—¡Pardiez!, bien llevado hará que la calumnia se convierta en remordimiento. Esto no es ya poco; mas no es éste el fin que sueño por medio tan extraño; antes espero un gran parto de estos dolores. Muerta ella, como así hay que mantener, en el instante mismo en que se vio acusada, se la sentirá, se la tendrá compasión, y será disculpada por cuantos lo oigan; pues las cosas son así: jamás estimamos en su precio el bien de que gozamos; pero si lo perdemos, entonces es cuando exageramos su valía, cuando apreciamos su mérito, que no estimamos mientras nos perteneció. Tal sucederá con Claudio. Cuando oiga que ella ha muerto víctima de sus palabras, el recuerdo de su vida se deslizará dulcemente en su imaginación, y cada preciado órgano de su existencia se ofrecerá a sus ojos y alcance de su alma revestido de mayor encanto, más delicadamente tangible y animado de vida que cuando alentaba de veras. Entonces le invadirá el sentimiento (si alguna vez asentó el amor en su hígado), y deseará no haberla acusado, no, aunque crea todavía en la verdad de su acusación. Obrad así, y no dudéis que el éxito dará a los acontecimientos un giro mejor aún del que yo me atrevo a proponer. Pero aunque todos nuestros planes resultaran fallidos, la suposición de que la dama ha muerto sofocará el escándalo de su infamia, y si no salen bien, siempre os queda el recurso de tenerla oculta (como convenga mejor a su reputación herida), en una vida reclusa y religiosa, lejos de todas las miradas, de todas las lenguas y de todos los espíritus e injurias.

BENEDICTO.—Signior Leonato, atended el consejo del monje. Y aunque sabéis la gran intimidad y afecto que me unen al príncipe y a Claudio, juro no obstante, por mi honor, que he de obrar en todo con tanto sigilo y leal- tad como vuestra alma obraría con vuestro cuerpo.

LEONATO.—En el dolor en que estoy sumergido, el menor hilo puede guiarme.

FRAILE.—Hacéis bien en consentir. A la tarea inmediatamente. A extraños males, extraños remedios. Vamos, señora, morid para vivir. Tal vez este día nupcial no ha sido sino aplazado. Paciencia y resignación. (Salen el FRAILE, HERO y LEONATO.)

BENEDICTO.—Señora Beatriz, ¿habéis llorado todo este tiempo?

BEATRIZ.—Sí, y lloraré más tiempo aún.

BENEDICTO.—No lo quisiera.

BEATRIZ.—No tenéis razón. Lloro generosamente.

BENEDICTO.—Tengo la convicción de que vuestra bella prima ha sido calumniada.

BEATRIZ.—¡Ah! ¡Cuán acreedor se haría a mi gratitud el hombre que la rehabilitase!

BENEDICTO.—¿Hay algún medio de daros esa prueba de amistad?

BEATRIZ.—El medio existe, pero no el amigo.

BENEDICTO.—¿Puede servir un hombre?

BEATRIZ.—Es oficio de hombre, pero no para vos.

BENEDICTO.—Nada quiero en este mundo sino a vos. ¿No es cosa extraña?

BEATRIZ.—Tan extraña para mí, como cosa que ignoro. Con la misma facilidad podría decir yo que nada quiero tanto como a vos. Pero no me creáis. Y, sin embargo, no miento. Nada confieso ni niego nada. Estoy desolada por mi prima.

BENEDICTO.—Por mi espada, Beatriz, que me amas.

BEATRIZ.—No juréis por vuestra espada, y tra- gadla.

BENEDICTO.—Quiero jurar por ella que me amáis, y hacérsela tragar a quien diga que no os amo.

BEATRIZ.—¿No queréis tragar vuestra palabra?

BENEDICTO.—No, cualquiera que fuese la salsa con que pudiera condimentarse. Protesto que te amo.

BEATRIZ.—Pues entonces, ¡Dios me perdone!...

BENEDICTO.—¿Qué ofensa, amada Beatriz?

BEATRIZ.—Me habéis interrumpido a punto. Iba a protestar a mi vez que os amo.

BENEDICTO.—Hazlo con todo tu corazón.

BEATRIZ.—Os amo tan de corazón, que no me queda parte alguna para protestar.

BENEDICTO.—Vamos, ordéname que haga algo por ti.

BEATRIZ.—¡Matad a Claudio!

BENEDICTO.—¡Ah! ¡Ni por el mundo entero!

BEATRIZ.—Me matáis con negármelo. Adiós.

BENEDICTO.—Deteneos, querida Beatriz.

BEATRIZ.—Me he ido, aunque esté aquí. No hay amor en vos, no; por favor, dejadme.

BENEDICTO.—¡Beatriz!...

BEATRIZ.—A fe, que quiero irme.

BENEDICTO.—Quedemos antes amigos.

BEATRIZ.—Tenéis menos miedo de ser mi amigo que de combatir con mi enemigo.

BENEDICTO.—¿Es Claudio tu enemigo?

BEATRIZ.—¿No está probado que es el más vil de los miserables por haber calumniado, despreciado y deshonrado a mi prima? ¡Oh, si yo fuera hombre! ¡Cómo! Engañarla hasta el punto de darse las manos ante el altar, y acto seguido, con acusación pública, con desembozada calumnia, con rencor despiadado... ¡Dios mío! ¡Si yo fuera hombre! ¡Me comería su corazón en medio de la plaza!

BENEDICTO.—¡Óyeme, Beatriz!...

BEATRIZ.—¡Que habló en su ventana con un hombre! ¡Lindo cuento!

BENEDICTO.—Pero ¡Beatriz!...

BEATRIZ.—¡Amada Hero! ¡Difamada! ¡Calumniada! ¡Perdida!

BENEDICTO.—¡Beat!...

BEATRIZ.—¡Príncipes y condes! ¡Verdaderamente, el testimonio es principesco! ¡Valiente conde en confitura! ¡Famoso galán, a fe! ¡Oh, si yo fuera hombre para defenderla, o tuviera sólo un amigo que fuera hombre para vengarla por mi amor! Pero la hombría se ha convertido en ceremonia, el valor en cumplidos, y los hombres no tienen más que lengua, y lengua meliflua a mayor abundamiento. Hoy se es tan valiente como Hércules con sólo decir una mentira y sostenerla con juramentos. ¡No puedo ser hombre, a pesar de mi deseo, y por lo tanto, moriré de pena como una mujer!

BENEDICTO.—¡Detente, amada Beatriz! ¡Por esta mano, que te adoro!

BEATRIZ.—¡Empleadla, por mi amor, en otra cosa que en jurar por ella!

BENEDICTO.—En el fondo de vuestra alma, ¿creéis que el conde Claudio ha calumniado a Hero?

BEATRIZ.—¡Sí! ¡Tan cierto como tengo pensamiento y alma!

BENEDICTO.—¡Basta! ¡Me comprometo a desafiarle! ¡Permitidme que os bese la mano y me despida de vos! ¡Por esta mano, que Claudio me dará satisfacción cumplida! ¡Juzgad de mí después que hablen los hechos! ¡Id a consolar a vuestra prima! Debo decir que ha muerto. ¡Y con esto, adiós! (Salen.)

Escena II

Una cárcel.

Entran DOGBERRY, VERGES y el ESCRIBANO, con togas, y la ronda, con CONRADO y BORACHIO.

DOGBERRY.—¿Están presentes todos los miembros de la «disamblea»?

VERGES.—¡Oh! Un taburete y un cojín para el escribano.

ESCRIBANO.—¿Cuáles son los malhechores?

DOGBERRY.—¡Diantre! Yo y mi compañero.

VERGES.—¡Pues es verdad! Procedamos al expediente de «intuición».

ESCRIBANO.—Pero ¿contra quiénes se instruye la ofensa? ¡Que se pongan delante de maese alguacil!

DOGBERRY.—Sí, a fe; ponedlos delante de mí. ¿Cómo os llamáis, amigo?

BORACHIO.—Borachio.

DOGBERRY.—Tened la bondad de escribir ahí Borachio. ¿Y vos, tunante?

CONRADO.—Soy un caballero, señor, y me llamo Conrado.

DOGBERRY.—Escribid ahí: maese caballero Conrado. ¿Servís a Dios, maeses?

CONRADO y BORACHIO.—Sí, señor; así lo esperamos.

DOGBERRY.—Escribid ahí que esperan servir a Dios; y poned a Dios primero, pues ¡Dios nos libre de que vaya Dios detrás de semejantes granujas! Maeses, está probado que sois poco menos que hipócritas traidores, y cerca le anda de que lo creamos. ¿Qué contestáis en defensa propia?

CONRADO.—A fe, señor, decimos que no lo somos.

DOGBERRY.—Es un mozo listo este truhán, os lo aseguro; pero yo me las entenderé con él. Venid acá, bellaco; una palabra al oído. Os digo, señor, que se sospecha que sois unos granujas redomados.

BORACHIO.—Señor, os digo que no lo somos.

DOGBERRY.—Bien; retiraos. ¡Vive Dios, que se han puesto de acuerdo! ¿Habéis escrito que no lo son?

ESCRIBANO.—Maese alguacil, ése no es el modo de tomarles declaración. Debéis llamar a la ronda, que es la que ha de acusarles.

DOGBERRY.—A fe que sí; es el mejor camino. ¡Que se adelante la ronda! Maeses, en nombre del príncipe, os mando que acuséis a estos individuos.

GUARDIA PRIMERO.—Este hombre, señor, dijo que don Juan, el hermano del príncipe, era un villano.

DOGBERRY.—Escribid que el príncipe Juan es un villano. ¡Eh! ¡Perjurio evidente llamar villano al hermano de un príncipe!

BORACHIO.—Maese alguacil...

DOGBERRY.—¡Calle el pícaro, por favor! No me gusta tu facha, te lo aseguro.

ESCRIBANO.—¿Qué más le oísteis decir?

GUARDIA SEGUNDO.—¡Pardiez!, que había recibido mil ducados de don Juan para acusar falsamente a la señora Hero.

DOGBERRY.—¡El mayor robo con fractura que jamás se ha cometido!

VERGES.—¡Por la misa que sí! No es otra cosa.

ESCRIBANO.—¿Qué más, camarada?

GUARDIA PRIMERO.—Y que el conde Claudio tenía el propósito, creyendo en sus palabras, de deshonrar a Hero ante toda la asamblea y de no casarse con ella.

DOGBERRY.—¡Oh villano! ¡Serás condenado por esto a «redención» eterna!

ESCRIBANO.—¿Qué más?

GUARDIA SEGUNDO.—Eso es todo.

ESCRIBANO.—Y esto es más, señores, de lo que podéis negar. El príncipe Juan ha huido secretamente esta mañana. Hero ha sido acusada de esa manera, y de la misma manera repudiada, y ha muerto de pena repentinamente. Maese alguacil, mandad que se ate a estos hombres y se les lleve a casa de Leonato. Yo iré delante y le mostraré el interrogatorio. (Sale.)

DOGBERRY.—¡Vamos, que se «obstinan»!

VERGES.—¡Atadles!

CONRADO.—¡Atrás, mastuerzo!

DOGBERRY.—¡Por vida de Dios! ¿Dónde está el escribano? ¡Que escriba que el representante del príncipe es un mastuerzo! ¡Vamos, amarradles! ¡Eres un pillo perverso!

CONRADO.—¡Fuera! ¡Sois un asno! ¡Un asno!

DOGBERRY.—¿No te infunde «sospecha» mi cargo? ¿No te infunde «sospecha» mi edad? ¡Oh! ¡Que no esté aquí el otro para escribir lo de asno! Pero vosotros, maeses, recordad que soy un asno. Aunque no conste por escrito, no olvidéis, con todo, que soy un asno. No, granuja; estás lleno de «piedad», como se te probará con buenos testigos. Yo soy un mozo despierto; y lo que es más, un funcionario, y lo que es más, un padre de familia, y lo que es más, un bonito pedazo de carne, como no hay otro en Mesina. Y que sabe de leyes, para que te enteres, y mozo bastante rico, para que te percates, y que ha tenido sus pérdidas, y que posee un par de uniformes y otras muchas cosas finas. ¡Lleváoslo! ¡Oh! ¡Que no haya quedado escrito que soy un asno! (Salen.)

****

Acto quinto

Escena I

Ante la casa de Leonato.

Entran LEONATO y ANTONIO.

ANTONIO.—Si continuáis así, os causaréis la muerte, y no es razonable secundar de tal modo la pena contra uno mismo.

LEONATO.—Cesa, por favor, en tus consejos, que caen tan sin provecho en mis oídos como el agua en un tamiz. No me aconsejes, ni permitas que consuelo alguno encante mis oídos, a no ser que proceda de alguno cuyas desgracias se comparen a las mías. Encuéntrame un padre que haya amado a su hija tanto como yo; cuya felicidad, puesta en ella, haya sido aniquilada como la mía, y pídele que hable de paciencia. Mide su dolor por la extensión y hondura del mío, y que a cada lamento responda otro lamento, pena por pena igual en todo, en cada rasgo, parte, aspecto y forma. Si tal hombre sonríe de grado y se atusa la barba, manda a la aflicción a paseo, grita «ejem» cuando debiera gemir, remienda su dolor con proverbios y ahoga sus infortunios bebiendo con los gastacandelas, tráemelo luego, y de él aprenderé paciencia. Pero tal hombre no existe, porque, hermano mío, los hombres pueden aconsejar y proferir palabras de consuelo ante aquellos pesares que no sienten; mas cuando los experimentan, su consejo se convierte en cólera, el mismo que antes pretendían daros como precepto medicinal contra la rabia, probando a encadenar la locura con un hilo de seda, a calmar el dolor con aire y la agonía con vocablos. No, no; es un deber de todos los hombres predicar paciencia a cuantos se retuercen bajo el peso de la desdicha; pero ninguno tiene virtud ni entereza para mantenerse tan moralizador cuando esa misma desdicha pesa sobre él. Por lo tanto, no me des consejos. Mis penas gritan más alto que tus reflexiones.

ANTONIO.—En esto no difieren en nada los hombres de los niños.

LEONATO.—¡Silencio, por favor! Quiero ser de carne y sangre. Porque todavía no se ha encontrado un filósofo capaz de soportar pacientemente un dolor de muelas, no obstante escribir bajo la inspiración de los dioses y burlarse del hado y del sufrimiento.

ANTONIO.—Sin embargo, no echéis sobre vos todo el peso de la desventura; que aquellos que os han ofendido sufran también.

LEONATO.—En eso hablas con razón. Sí, he de pensarlo. Mi alma me dice que Hero ha sido calumniada, y lo sabrá Claudio, así como el príncipe y todos aquellos que de tal modo la han deshonrado.

ANTONIO.—Aquí vienen el príncipe y Claudio a toda prisa.

DON PEDRO.—Buenos días. Buenos días.

CLAUDIO.—Buenos días a ambos.

LEONATO.—Oíd, señores...

DON PEDRO.—Llevamos alguna prisa, Leonato.

LEONATO.—¡Alguna prisa, señor! Bien; adiós, señor. ¿Tanta prisa ahora? Bien, ya nos veremos.

DON PEDRO.—Además, no busquéis querella con nosotros, buen anciano.

ANTONIO.—Si pudiera obtener satisfacción por una querella, alguno de nosotros mordería el polvo.

CLAUDIO.—¿Quién le ha ofendido?

LEONATO.—¡Tú, por mi fe, me has ofendido! ¡Tú, impostor! ¡Tú! ¡No, no eches mano a la espada! ¡No te temo!

CLAUDIO.—¡Pardiez! Maldita sea mi mano, si diera a vuestra vejez motivo alguno de temor. Por mi fe, mi mano nada quiere con mi espada.

LEONATO.—¡Quita, quita, hombre! No te mofes ni te burles de mí. No hablo como un viejo caduco o como un necio para jactarme, bajo el privilegio de la edad, de lo que hice cuando era joven o de lo que haría si no fuera viejo. Sabe, Claudio, y cara a cara te lo digo, que nos has ultrajado de tal manera a mi hija y a mí, que me veo obligado a dar de lado todo respeto y, a pesar de mis cabellos grises y de los achaques de mis muchos años, te reto a prueba varonil. Te digo que has calumniado a mi inocente hija. Tu injuria traspasó su corazón de parte a parte, y reposa enterrada con sus mayores. ¡Oh, en una tumba donde jamás durmió el oprobio, salvo este tuyo, urdido por tu infamia!

CLAUDIO.—¿Mi infamia?

LEONATO.—¡Tu infamia, Claudio; tu infamia, te repito!

DON PEDRO.—Os equivocáis, anciano.

LEONATO.—¡Señor, señor! ¡Lo probaré en su cuerpo, si se atreve, a despecho de su esgrima certera y de su activa práctica, su juventud de mayo y la floración de su fuerza!

CLAUDIO.—¡Dejadme! No quiero nada con vos.

LEONATO.—¿Es posible que así me rehuyas? Tú mataste a mi hija; si me matas a mí, mancebo, habrás matado a un hombre.

ANTONIO.—Matará a nosotros dos, y a hombres en verdad. Mas la cuestión no es ésa. Que mate a uno primero. Que me venza y me despoje. Dejadle que conteste. Vamos, seguidme, muchacho; vamos, señor rapaz; vamos, acompañadme. Señor mancebo, a azotes repeleré vuestra esgrima. Sí; como soy caballero, que lo haré.

LEONATO.—Hermano...

ANTONIO.—Calmaos. Dios sabe lo que amaba a mi sobrina. ¡Y ha muerto, calumniada de muerte por villanos, que así se atreverán a hacer frente a un hombre como yo a asir a una serpiente por la lengua! ¡Mozuelos, micos, fanfarrones, moharrachos, maricas!

LEONATO.—¡Hermano Antonio!...

ANTONIO.—Estad tranquilo. ¡Cómo, hombre! Los conozco bien. ¡Ya lo creo! Y sé lo que pesan hasta el último adarme: mocosuelos, baladrones, petimetres, que mienten, adulan, befan, desacreditan y calumnian, y con trazas de bufón afectan aires terribles y emplean una docena de términos de amenaza para explicar cómo herirían a sus adversarios, si se atrevieran. ¡Y eso es todo!

LEONATO.—Pero hermano Antonio...

ANTONIO.—Vamos, esto no os compete: no os mezcléis en ello. Corre de mi cuenta.

DON PEDRO.—Caballeros, no queremos excitar vuestro enojo. Mi corazón está desolado por la muerte de vuestra hija; pero, por mi honor, que de nada fue culpada que no estuviera cierta y verdaderamente probado.

LEONATO.—Señor, señor...

DON PEDRO.—No quiero oíros.

LEONATO.—¿No? Vamos, hermano, fuera de aquí. ¡Quiero que se me oiga!

ANTONIO.—¡Y se os oirá, o a alguno de vosotros ha de pesarle! (Salen LEONATO y ANTONIO.)

Entra BENEDICTO.

DON PEDRO.—Mirad, mirad. Aquí viene el hombre a quien buscábamos.

CLAUDIO.—Hola, signior, ¿qué hay de nuevo?

BENEDICTO.—Buenos días, señor.

DON PEDRO.—Bienvenido, señor. Por poco llegáis a tiempo para intervenir casi en una pendencia.

CLAUDIO.—Hemos estado a punto de que nos mascaran las narices dos viejos desdentados.

DON PEDRO.—Leonato y su hermano. ¿Qué te parece? De haber venido a las manos, no dudo de que hubiéramos sido demasiado jóvenes para ellos.

BENEDICTO.—A mala querella no hay valor verdadero. Venía en busca de los dos.

CLAUDIO.—Nosotros andábamos arriba y abajo buscándote, porque estamos de melancolía hasta el cogote y de buena gana nos sacudiríamos de ella. ¿Quieres hacer uso de tu ingenio?

BENEDICTO.—Lo llevo en la vaina de mi espada. ¿Tiro de él?

DON PEDRO.—¿Llevas tu ingenio al lado?

CLAUDIO.—Nunca se vio tal cosa, aunque hay muchos cuyo ingenio hay que dejar a un lado. Te mandaré desenvainar, como hacemos con los ministriles. Desenvaina para distraernos.

DON PEDRO.—A fe de hombre honrado que se le ve palidecer. ¿Estás enfermo o enojado?

CLAUDIO.—¡Cómo! ¡Ánimo, hombre! Aunque de pesar se muere el gato, tú tienes temple bastante para dar muerte al pesar.

BENEDICTO.—Señor mío, me encontraré con vuestro ingenio en el terreno, si es a mí a quien se dirigen vuestros ataques. Os ruego mudéis de tema.

CLAUDIO.—Pues dadle entonces otra lanza; esta última se ha roto en astillas.

DON PEDRO.—Por esta luz, que se pone cada vez más pálido. Creo que es de veras su enojo.

CLAUDIO.—Si lo es, ya sabe cómo ha de volverlo al cinto.

BENEDICTO.—¿Queréis oír una palabra a solas?

CLAUDIO.—¡Dios me libre de un desafío!

BENEDICTO.—(Aparte, a CLAUDIO.) Sois un villano. No lo digo de broma. Os lo haré bueno donde, como y cuando gustéis. Dadme una satisfacción, o publicaré vuestra cobardía. Habéis matado a una dama sin par, y su muerte os costará cara. Contestadme.

CLAUDIO.—Bien; me veré con vos, a condición de que sea un buen banquete.

DON PEDRO.—¿Cómo? ¿Un festín? ¿Se trata de un festín?

CLAUDIO.—Sí, a fe mía, y se lo agradezco. Me invita a cabeza de ternera y a capón. Si no les trincho esmeradamente, echad la culpa al cuchillo. ¿No habrá también alguna chocha?

BENEDICTO.—Señor, vuestro gracejo va a paso de andadura; marcha lisamente.

DON PEDRO.—Voy a repetirte cómo elogió Beatriz tu ingenio el otro día. Le dije que tenías mucha gracia. «Es verdad —dijo ella—, mucha gracia menuda.» «No —dije yo—, una gracia enorme.» «En efecto —prosiguió ella—, enorme de puro grosera.» «No tal —continué yo—, es una gracia fina.» «Justamente —replicó—, no hiere a nadie.» «De ninguna manera —continué diciéndole—, es un caballero discreto.» «Cierto —repuso—, un discreto caballero.» «No es eso —exclamé—, posee muchas lenguas.» «Sin duda —agregó—, pues me juró una cosa el lunes por la noche, que desmintió el martes por la mañana: ahí tenéis una lengua doble, ahí tenéis dos lenguas.» Y así, durante una hora se entretuvo en desfigurar tus peculiares virtudes. Menos mal que finalizó con un suspiro, asegurando que eras el hombre más perfecto de Italia.

CLAUDIO.—Con lo cual se echó a llorar de todo corazón y dijo que eso le tenía sin cuidado.

DON PEDRO.—Sí, así fue. Sin embargo, y a pesar de todo, si no le odiara mortalmente, le amaría con delirio. Todo nos lo contó la hija del viejo.

CLAUDIO.—Todo, todo; y, por otra parte, Dios le había visto cuando se escondió en el jardín.

DON PEDRO.—Pero, ¿cuándo colocaremos las astas del toro bravo en la frente del sensible Benedicto?

CLAUDIO.—Eso es, y con un letrero debajo, que diga: «¡Aquí vive Benedicto, el hombre casado!».

BENEDICTO.—Dios os guarde, mozo. Conocéis mi estado de ánimo. Os dejo ahora a vuestro humor comadresco. Blandís vuestras pullas como los fanfarrones sus hojas, las cuales, a Dios gracias, a nadie hieren. Alteza, os agradezco vuestras muchas amabilidades, pero me veo obligado a rehusar vuestra compañía. Vuestro hermano el bastardo ha huido de Mesina; entre los tres habéis ocasionado la muerte de una incomparable e inocente dama. Por lo que toca al señor Lampiño, aquí presente, él y yo nos veremos las caras; y hasta entonces, la paz sea con él. (Sale.)

DON PEDRO.—Está serio.

CLAUDIO.—Y tan serio. Y os aseguro que es por amor de Beatriz.

DON PEDRO.—¿Y te ha desafiado?

CLAUDIO.—Muy formalmente.

DON PEDRO.—¡Qué peregrina cosa es un hombre cuando sale a correrla en ropilla y calzas y se olvida del ingenio!

CLAUDIO.—Es entonces un gigante comparado con un mono; pero puede ocurrir que el mono sea a su lado un doctor.

DON PEDRO.—Mas callad; basta de eso. ¡Despierta, corazón, y ponte triste! ¿No dijo que había huido mi hermano?

Entran DOGBERRY, VERGES y la ronda, con CONRADO y BORACHIO.

DOGBERRY.—Vamos con vos, señor. Si la justicia no logra domaros, que no vuelva a pesar más razones en su balanza. No, como ya habéis sido un hipócrita blasfemo, habrá que poneros a buen recaudo.

DON PEDRO.—¿Qué es esto? ¡Dos criados de mi hermano presos! ¡Y uno de ellos es Borachio!

CLAUDIO.—Informaos enseguida de sus delitos, señor.

DON PEDRO.—Oficiales, ¿qué delito han cometido estos hombres?

DOGBERRY.—¡Pardiez!, señor; han esparcido rumores falsos; además, han dicho mentiras; segundo, son calumniadores; sexto y último, han desmentido a una dama; tercero, han «verificado» cosas injustas; y, para concluir, son bellacos embusteros.

DON PEDRO.—Primero, te pregunto qué han hecho; tercero, te interrogo cuál es su delito; sexto y último, por qué están presos; y, para concluir, ¿qué cargos les imputáis?

CLAUDIO.—¡Bien razonado y por su propio orden! Y, a fe, de una manera que no hay más que pedir.

DON PEDRO.—¿A quién habéis ofendido, maeses, para venir así atados antes de vuestro interrogatorio? Este sabio alguacil es demasiado alambicado para hacerse entender. ¿Cuál es vuestro delito?

BORACHIO.—Amado príncipe, acceded a que no vaya más lejos mi interrogatorio. Oídme, y que después me mate este conde. Os he engañado a ojos vistas. Lo que vuestra discreción no supuso descubrir, estos imbéciles groseros lo han sacado a luz, los cuales me acecharon anoche y me oyeron confesar a este hombre cómo don Juan, vuestro hermano, me había incitado a calumniar a la señora Hero; cómo se os condujo al jardín y me visteis corterjar a Margarita en traje de Hero; cómo la repudiasteis cuando ibais a casaros con ella. Tienen informe por escrito sobre mi villanía, que antes quisiera sellar con mi muerte que repetir en deshonra propia. La dama ha muerto a consecuencia de mi falsa acusación y de la de mi amo; y en suma, no deseo sino el pago debido a un granuja.

DON PEDRO.—¿No penetran estas palabras como el hierro en vuestra sangre?

CLAUDIO.—¡He bebido veneno mientras las profería!

DON PEDRO.—¿Y fue mi hermano quien te indujo a esto?

BORACHIO.—Sí, y me pagó espléndidamente para que lo pusiera en práctica.

DON PEDRO.—¡Está compuesto y forjado de traiciones! ¡Y ha huido tras esta infamia!

CLAUDIO.—¡Hero querida! ¡Ahora se me aparece tu imagen en el puro exterior de cuando te amé por vez primera!

DOGBERRY.—¡Vamos, conducid a los «querellantes»! A estas horas nuestro escribano habrá «reformado» del asunto al signior Leonato. ¡Y vosotros, maeses, no olvidéis especificar, en tiempo y lugar oportunos, que soy un asno!

VERGES.—Aquí, aquí llega maese signior Leonato, y el escribano también.

Vuelven a entrar LEONATO, ANTONIO y el ESCRIBANO.

LEONATO.—¿Cuál es el miserable? Que vea sus ojos, para que, si tropiezo con otro que se le parezca, pueda huir de él. ¿Cuál de éstos es?

BORACHIO.—Si queréis conocer a quien os ha ultrajado, miradme.

LEONATO.—¿Eres tú el esclavo cuyo aliento mató a mi inocente hija?

BORACHIO.—Sí, yo tan solo.

LEONATO.—No, no tal, villano, te calumnias. Hay aquí un par de hombres honrados, el tercero huyó, que han mediado en ello. Príncipes, os agradezco la muerte de mi hija. ¡Inscribid la hazaña en vuestros altos y preclaros hechos! Ha sido realizada valerosamente, a poco que lo meditéis.

CLAUDIO.—No sé cómo implorar vuestra indulgencia; mas es preciso que hable. Elegid vos mismo vuestra venganza. Imponedme el castigo que vuestra imaginación fije sobre mi pecado. Sin embargo, no pequé sino por equivocación.

DON PEDRO.—¡Ni yo tampoco, por mi alma! Y, no obstante, para dar satisfacción a este buen viejo, me presto a soportar el castigo más pesado que le plazca infligirme.

LEONATO.—No puedo haceros que hagáis vivir a mi hija; sería imposible; pero os ruego a ambos declaréis al pueblo de Mesina que murió inocente. Y si vuestro amor por ella os inspirara alguna composición fúnebre, suspendedla como un epitafio sobre su tumba y cantadla a sus restos. Cantadla esta noche. Mañana por la mañana venid a mi casa, y puesto que no habéis podido ser mi yerno, seréis mi sobrino. Mi hermano tiene una hija, efigie casi de mi hija difunta, y única heredera de los dos. Dadle el título que hubierais dado a su prima, y así fenecerá mi venganza.

CLAUDIO.—¡Oh noble señor! ¡Vuestra bondad me arranca lágrimas! Acepto vuestra oferta, y disponed en adelante del pobre Claudio.

LEONATO.—Mañana, pues, espero vuestra llegada. Me despido por esta noche. Este mal hombre será careado con Margarita, la cual sospecho fue cómplice en la infamia, comprada también por vuestro hermano.

BORACHIO.—No, por mi alma que no lo fue. Ni supo lo que hacía cuando habló conmigo; antes ha sido siempre honesta y virtuosa en todo lo que de ella conozco.

DOGBERRY.—Además, señor (aunque, a la verdad, esto no consta en blanco y negro), el «querellante» aquí presente, el ofensor, me ha llamado asno. Os ruego que lo recordéis al imponerle su castigo. También ha oído hablar la ronda de un tal Deforme. Dicen que lleva una llave en la oreja, y colgado de ella un rizo, y que en nombre de Dios pide dinero prestado, habiendo abusado de modo, y sin pagar jamás, que ya los hombres se han vuelto duros de corazón y no quieren prestar nada ni por amor de Dios. Os suplico que le examinéis sobre este punto.

LEONATO.—Gracias por tu cautela y celo honrado.

DOGBERRY.—Vuestra señoría habla como un «mancebo» agradecido y respetuoso, y ruego a Dios por vos.

LEONATO.—Toma por tus molestias.

DOGBERRY.—Dios proteja la fundación.

LEONATO.—Vete; te descargo de tu peso y te doy las gracias.

DOGBERRY.—Dejo un truhán insigne con vuestra señoría y suplico a vuestra señoría «se» corrija para ejemplo de otros. ¡Dios guarde a vuestra señoría! ¡Consérvese bien vuestra señoría! ¡Dios «restaure» vuestra salud! ¡Os «otorgo» humildemente licencia para partir; y si es de desear un feliz encuentro, que lo «prohíba» Dios! Vamos, vecino. (Salen DOGBERRY y VERGES.)

LEONATO.—Señores, hasta mañana por la mañana, adiós.

ANTONIO.—Adiós, señores. Os esperamos mañana.

DON PEDRO.—No faltaremos.

CLAUDIO.—Esta noche rendiré a Hero el tributo de mis lágrimas. (Salen DON PEDRO y CLAUDIO.)

LEONATO.—(A la ronda.) Llevaos a esos belitres. Hemos de preguntar a Margarita de qué nació su conocimiento con ese hombre depravado. (Salen.)

Escena II

Jardín de Leonato.

Entran BENEDICTO y MARGARITA por lados opuestos.

BENEDICTO.—Te ruego, querida señorita Margarita, que te hagas acreedora a mi gratitud, ayudándome a hablar con Beatriz.

MARGARITA.—¿Me escribiréis, entonces, un soneto en elogio de mi belleza?

BENEDICTO.—En estilo tan elevado, Margarita, que ningún hombre viviente quedará por encima; pues, a decir verdad, bien lo mereces.

MARGARITA.—¡No tener ningún hombre encima! ¡Cómo! ¿Habrá de quedar siempre debajo?

BENEDICTO.—Tu ingenio es tan listo como la boca del galgo: las coge al vuelo.

MARGARITA.—Y el vuestro tan embotado como un florete de esgrima, que toca, pero no hiere.

BENEDICTO.—Ingenio varonil, Margarita, que no se atreve a herir a una mujer; y con esto te ruego que llames a Beatriz. Te rindo los broqueles.

MARGARITA.—Dadnos las espadas, que tenemos broqueles naturales.

BENEDICTO.—Si los usáis, Margarita, debéis cogerlos por el asa en la cazoleta; y son armas peligrosas para las doncellas.

MARGARITA.—Bien; llamaré a Beatriz, que supongo tiene piernas.

BENEDICTO.—Y, por lo tanto, vendrá.

Sale MARGARITA.

El dios del amor que arriba se sienta, y me conoce, y me conoce, sabe cuánta compasión merezco... Quiero decir cuánta compasión merezco como cantor. Pero como amante, Leandro, el intrépito nadador; Troilo, el primero que se sirvió de pándaros, y un libro entero lleno de esos, un tiempo, héroes de salón, cuyos nombres ruedan todavía dulcemente por el camino llano del verso libre, jamás se han visto tan zarandeados por el amor como mi pobre persona. ¡Pardiez! ¡No poder manifestarlo por medio de la rima! Lo he intentado ya y no doy con otro consonante para «dama» que «rama», rima inocente; para «tierno» que «cuerno», rima dura; para «susurro» que «burro», rima estúpida: terminaciones todas de mal agüero. No, es evidente que no he nacido bajo el influjo de un astro poético, ni puedo cortejar con una fraseología deslumbrante.

Entra BEATRIZ.

Querida Beatriz, ¿vienes cuando te llamo?

BEATRIZ.—Sí, signior; y partiré cuando me lo mandéis.

BENEDICTO.—¡Oh! Quédate aquí hasta entonces.

BEATRIZ.—«Entonces» ya está dicho; adiós, pues, ahora. Y, sin embargo, antes de irme, permitid que me marche con lo que me hizo venir; esto es, saber lo que ha ocurrido entre vos y Claudio.

BENEDICTO.—Sólo palabras agrias. Y ahora permite que te bese.

BEATRIZ.—Palabras agrias no son más que viento agrio; y viento agrio es sólo aliento agrio, y el aliento agrio es desagradable. Por consiguiente, me marcho sin que me beséis.

BENEDICTO.—Tal es la impetuosidad de tu ingenio, que ahuyentas las palabras de su verdadero sentido. Pero debo hablarte llanamente: Claudio ha aceptado mi reto, y, o me responderá pronto, o publicaré su cobardía. Y ahora te suplico que me digas: ¿por cuál de mis malas prendas te enamoraste primero de mí?

BEATRIZ.—Por todas a la vez, que componen un estado tan pérfidamente puntilloso, que no admiten prenda buena alguna para mezclarse con ellas. ¿Y por cuál de mis buenas prendas sufristeis primero de amor por mí?

BENEDICTO.—«¡Sufrir de amor!» ¡Bonito epíteto! Sufro de amor, en efecto, porque te amo contra mi voluntad.

BEATRIZ.—A pesar de vuestro corazón, supongo. ¡Ay, pobre corazón! Si le llenáis de pesar por mi amor, haré otro tanto por amor vuestro, pues nunca amaré lo que mi amigo odie.

BENEDICTO.—Tú y yo tenemos discreción bastante para arrullarnos apaciblemente.

BEATRIZ.—No lo parece, según esa confesión. Entre veinte hombres discretos no hay uno que se alabe a sí propio.

BENEDICTO.—Máxima antigua, Beatriz; máxima antigua, que tuvo valor allá en los tiempos de buena vecindad. Si en este siglo no se erige un hombre su tumba antes de morir, no vivirá más su monumento que el son de las campanas y el llanto de su viuda.

BEATRIZ.—¿Y cuánto es eso, según vos?

BENEDICTO.—¡Valiente pregunta! Una hora de doble y un cuarto de hora de lágrimas. Así, lo propio de un hombre prudente (si don Gusano, su conciencia, no halla en contrario ningún impedimento) es ser la trompeta de sus propias virtudes, como soy yo de las mías. Por eso ensalzo mi persona, que, como puedo atestiguar, es muy digna de alabanza. Y ahora decidme, ¿cómo está vuestra prima?

BEATRIZ.—Muy mal.

BENEDICTO.—¿Y vos?

BEATRIZ.—Muy mal también.

BENEDICTO.—Servid a Dios, amadme y aliviaos. Con lo cual os dejo también, pues aquí se acerca alguien a toda prisa.

Entra ÚRSULA.

ÚRSULA.—Señora, es menester que vengáis junto a vuestro tío. Allá dentro en la casa hay un estrépito enorme. Está probado que mi señora Hero ha sido falsamente acusada. Han sufrido un gran engaño el príncipe y Claudio, y don Juan, el autor de todo, se ha dado a la fuga. ¿Iréis inmediatamente?

BEATRIZ.—¿Queréis venir a oír estas nuevas, signior?

BENEDICTO.—¡Quiero vivir en tu corazón, morir en tu seno y ser enterrado en tus ojos! Y además ir contigo a ver a tu tío. (Salen.)

Escena III

Interior de una iglesia.

Entran DON PEDRO, CLAUDIO y acompañantes, con música y cirios.

CLAUDIO.—¿Es éste el mausoleo de Leonato?

UN SEÑOR.—Éste es, señor.

CLAUDIO.—(Leyendo un rollo.)

Muerta por lenguas calumniadoras fue la Hero que aquí yace: la muerte, en recompensa con sus agravios, le otorga fama inmortal. Así, la vida que murió con la infamia, vive en la muerte con fama gloriosa. Pende aquí, sobre la tumba, para loarla cuando yo enmudezca. Ahora, músicos, tocad y cantad vuestro himno solemne.

CANCIÓN

Perdona, diosa de la noche, a aquellos que mataron a tu doncella andante; por ello con cantos de dolor se reúnen en torno de su tumba. Medianoche, asóciate a nuestros lamentos; ayúdanos a suspirar y a gemir, tristemente, tristemente. Tumbas, abríos y ceded vuestros muertos, hasta que la muerte sea manifestada, tristemente, tristemente. Ahora, ¡buenas noches a tus restos! Todos los años cumpliré este rito fúnebre.

DON PEDRO.—Buenos días, maeses. Apagad vuestras antorchas. Los lobos han hecho ya sus presas, y, mirad, el día gentil, nuncio de las ruedas de Febo, varetea de manchas grises el Oriente adormecido. Gracias a todos, y dejadnos. Pasadlo bien.

CLAUDIO.—Buenos días, maeses. Cada cual tome su camino.

DON PEDRO.—Vamos, salgamos de aquí, y pongámonos otros vestidos, y luego iremos a casa de Leonato.

CLAUDIO.—¡Y que ahora el himeneo tenga un resultado más feliz que este que nos ha reunido para pagar un tributo de dolor! (Salen.)

Escena IV

Aposento en la casa de Leonato.

Entran LEONATO, ANTONIO, BENEDICTO, BEATRIZ, MARGARITA, ÚRSULA, FRAY FRANCISCO y HERO.

FRAILE.—¿No os dije que era inocente?

LEONATO.—Lo son también el príncipe y Claudio, que la acusaron, víctimas de un error sobre el cual habéis oído discutir. Pero Margarita tiene su parte de responsabilidad en ello, aunque las cosas ocurrieran contra su voluntad, como se infiere, verdaderamente, del curso de su interrogatorio.

ANTONIO.—Vaya, me alegro de que todo acabe tan bien.

BENEDICTO.—Y yo también, pues, de otro modo, a fe que estaba obligado a pedir cuentas al joven Claudio.

LEONATO.—Está bien. Hija mía y vosotras todas, señoritas, retiraos a un aposento, y cuando envíe a buscaros, venid con antifaces. El príncipe y Claudio han prometido visitarme a esta hora.

Salen las damas.

Ya conocéis vuestro papel, hermano. Habéis de hacer de padre de la hija de vuestro hermano, y entregarla al joven Claudio.

ANTONIO.—Representaré mi papel con semblante inmóvil.

BENEDICTO.—Monje, creo que voy a tener que molestaros.

FRAILE.—¿Para qué, signior?

BENEDICTO.—Para salvarme o para perderme, una de las dos cosas. Signior Leonato, la verdad es ésta, buen signior: vuestra sobrina me mira con ojos favorables.

LEONATO.—Los que le ha prestado mi hija; ésta es la pura verdad.

BENEDICTO.—Y yo la recompenso con ojos de amor.

LEONATO.—Ojos que, según colijo, debéis a mí, a Claudio y al príncipe. Mas, ¿qué deseáis?

BENEDICTO.—Vuestra respuesta, señor, es enigmática. Pero en cuanto a mi deseo es que vuestro buen deseo esté conforme con nuestros deseos, para unirme hoy a ella en estado de honroso matrimonio.

LEONATO.—Mi corazón está con vuestro parecer.

FRAILE.—Y mi ayuda. Aquí llegan el príncipe y Claudio.

Entran DON PEDRO y CLAUDIO con acompañamiento.

DON PEDRO.—Buenos días a esta noble reunión.

LEONATO.—Buenos días, príncipe; buenos días, Claudio. Os esperábamos. ¿Estáis por fin dispuesto a casaros hoy con la hija de mi hermano?

CLAUDIO.—Me atengo a mi promesa, aunque fuera la dama una etíope.

LEONATO.—Llamadla, hermano; he aquí al fraile ya.

Sale ANTONIO.

DON PEDRO.—Buenos días, Benedicto. Pero, ¿qué os pasa que tenéis esa cara de febrero, llena de hielo, tormenta y nubarrones?

CLAUDIO.—Supongo que piensa en lo del toro bravo. ¡Vamos! No tengas miedo, hombre; te doraremos las astas, y toda Europa se regocijará contigo, como antaño Europa con el ardiente Jove cuando representó el papel de noble bestia enamorada.

BENEDICTO.—Júpiter toro, señor, tuvo un mugido amable. Y algún toro extraño ha debido de saltar la vaca de vuestro padre, y de la noble empresa resultó, sin duda, un ternero que se os parece, pues tenéis justamente su berrido.

CLAUDIO.—Os adeudo esto. He aquí otra cuenta que arreglar.

Vuelve a entrar ANTONIO con las damas enmascaradas.

¿Cuál es la dama con que he de hacer pareja?

ANTONIO.—Hela aquí, y yo os la entrego.

CLAUDIO.—¡Cómo! Entonces me pertenece. Dejadme ver vuestro rostro, hermosa.

LEONATO.—No, no lo veréis hasta que hayáis aceptado de su mano ante este fraile y jurado casaros con ella.

CLAUDIO.—Dadme vuestra mano. Ante este santo fraile soy vuestro esposo, si me queréis.

HERO.—Y cuando vivía era vuestra otra mujer. (Quitándose el antifaz.) Y cuando me amabais erais mi otro marido.

CLAUDIO.—¡Otra Hero!

HERO.—Nada más cierto. Una Hero murió ultrajada; pero yo vivo, y tan seguro como vivo es que soy doncella.

DON PEDRO.—¡La primitiva Hero! ¡Hero la muerta!

LEONATO.—Ha estado muerta, señor, sólo mientras vivió su infamia.

FRAILE.—Yo desvaneceré este asombro luego que haya dado fin la sagrada ceremonia. Os hablaré extensamente de la muerte de Hero. En tanto, téngase el portento por trivial y vamos sin demora a la capilla.

BENEDICTO.—Poco a poco y callandito, hermano. ¿Cuál es Beatriz?

BEATRIZ.—(Descubriéndose.) Contesto a ese nombre. ¿Qué me queréis?

BENEDICTO.—¿Vos no me amáis?

BEATRIZ.—Claro que no; no más de lo razonable.

BENEDICTO.—Vaya, entonces vuestro tío, el príncipe y Claudio se han engañado, pues juraron que sí.

BEATRIZ.—¿No me amáis vos?

BENEDICTO.—En verdad que no; no más de lo razonable.

BEATRIZ.—Vaya, entonces mi prima, Margarita y Úrsula se han engañado de medio a medio, pues juraron que sí.

BENEDICTO.—Ellos juraron que estabais medio enferma de amor por mí.

BEATRIZ.—Y ellas juraron que estabais casi muerto de amor por mí.

BENEDICTO.—No hay nada de eso. ¿De manera que no me amáis?

BEATRIZ.—No, en verdad; solamente como recompensa amistosa.

LEONATO.—Vamos, sobrina, estoy seguro de que amáis al caballero.

CLAUDIO.—Y yo estoy seguro de que él la ama, pues he aquí un papel escrito de su mano, un soneto cojo, de su propia y singular invención, dedicado a Beatriz.

HERO.—Y he aquí otro, escrito de mano de mi prima, caído de su bolsillo, que contiene su afección por Benedicto.

BENEDICTO.—¡Milagro! ¡He aquí nuestras propias manos contra nuestros corazones! Vamos, te tendré; pero, por esta luz, que te tomo por lástima.

BEATRIZ.—No he de rechazaros; pero, por este día radiante, que es por ceder a la gran influencia persuasiva y en parte por salvaros la existencia, pues me han dicho que os estabais consumiendo.

BENEDICTO.—¡Silencio! Voy a cerraros la boca. (La besa.)

DON PEDRO.—¿Qué tal te va, Benedicto, el hombre casado?

BENEDICTO.—Voy a decirte cómo, príncipe. Un colegio de burlones no me haría cambiar de carácter. ¿Pensáis que me importan una sátira o un epigrama? No; si un hombre se deja abatir con mofas, nada provechoso conseguirá para sí. En suma, ya que estoy decidido al matrimonio, no se me dará nada de lo que el mundo diga por ello; y, en consecuencia, será en vano que se me insulte por lo que he dicho contra él, pues el hombre es un ser voluble; y con esto basta. Por lo que a ti respecta, Claudio, pensé haberte golpeado; mas, como parece que vas a ser pariente mío, vive intacto y ama a mi prima.

CLAUDIO.—Bien esperé yo que rechazaras a Beatriz, para haberte sacado a palos de tu vida de soltero y hecho de ti un hombre de dos caras;

lo que acontecerá, sin disputa, si mi prima no te vigila muy estrechamente.

BENEDICTO.—Vamos, vamos, somos amigos. Tengamos un baile antes de casarnos, para aligerar nuestro corazón y los talones de nuestras mujeres.

LEONATO.—Ya bailaremos después.

BENEDICTO.—¡Antes, por mi palabra! ¡De consiguiente, tocad, músicos! Príncipe, estás triste. ¡Búscate mujer, búscate mujer! ¡No hay bastón más respetable que el que termina en cuerno!

Entra un MENSAJERO.

MENSAJERO.—Señor, vuestro hermano Juan ha sido detenido en su fuga, y se le trae a Mesina con gente armada.

BENEDICTO.—No pienses en él hasta mañana. Yo te sugeriré para él un duro castigo. ¡Sonad, chirimías! (Baile. Salen.)